瑞蘭國際

 瑞蘭國際

信不信由你

一週開口說葡萄牙語！

Acredite se quiser
Fale português em uma semana

守般若（Israel Paulo de Souza） 著

在我來到臺灣之前,一位正在巴西聖保羅大學學習葡萄牙文的臺灣人(其身分為出家人)送給我一本葡萄牙文書《FALA BRASIL PORTUGUÊS PARA ESTRANGEIROS》(對外國人說巴西葡萄牙語;PIERRE COUDRY、ELIZABETH FONTÃO 著),並說道:「聽說您將前往臺灣繼續研讀中文,恭喜您,您真有福報。」我將書本打開一看,第一頁上面寫著「希望此書對臺灣有貢獻」接著又補充說明:「在教學方面」,就此,我與臺灣結下深深的緣分。剛來到臺灣的前三年,我在佛光山叢林學院研讀佛教基礎,接著在 2006年取得政治大學民族學系的學士及碩士學位,而後定居在臺灣,一直從事葡萄牙語教學至今。而正式的教學經歷,是在取得碩士學位的前一年,從任教於政大公企中心開始,而後到各學校及語言中心兼課,也包含了外交部外交及國際事務學院。

當臺灣人知道我從事葡萄牙文教學時,常常會問:「葡萄牙文和西班牙文是否很相近?」、「學習葡萄牙文的人多不多?」、「巴西葡萄牙文(以下簡稱「巴葡」)跟葡萄牙葡萄牙文(以下簡稱「葡葡」)的差異到底是什麼?」,不然就是詢問葡萄牙文是否很難學習等問題。

首先我想介紹,葡萄牙文是世界上使用人口最多的 10 種語言之一,排名世界第五。全球使用葡萄牙語的人數大約有 2.8 億人口,當然也包含了非母語者在內,也是巴西、葡萄牙等 8 個國家的官方語言。

而說到巴葡和葡葡的差別,由於歷史、地理及文化的因素,

同樣位在歐洲的葡萄牙人及西班牙人之間的溝通容易許多，舉例來說，大家所熟悉的「adiós」（再見；西班牙文）和「adeus」（再見；葡萄牙文）的意思相同、發音相近，但巴西人絕對不會使用「adeus」。再舉一個例子，同樣要表達「我正在說話」時，葡萄牙人會說「estou a falar」，但巴西人則說「estou falando」。

　　巴葡和葡葡的另一個差別在於發音，巴葡的母音發音是「開的」（由口腔發音，聲音聽起來是由口中發出），而葡葡的母音發音是「閉的」（由鼻腔發音，聲音聽起來是由喉嚨中發出）。但是說了這麼多，其實巴葡和葡葡的學習方式是一致的，藉由本書，您可以發現葡萄牙語的發音很規律，只要掌握到相應的發音規則，任何一個單詞都能夠正確發音。當然，對於未曾或很少接觸拉丁語系的學習者而言，文法的複雜性總會讓學習者卻步，但是我常用一句話來鼓勵葡語學習者，那就是「天下無難事，只怕有心人」，只要有好的學習書，努力好好學習就一定能學會，而現在在您手上的本書，就是針對從來沒有接觸過葡萄牙語、想從零開始學習的讀者量身打造、特別撰寫的。

　　這本書，首先帶您在第 0 天（預備開始）了解葡萄牙文字母的來源及演變，以及羅馬字母（拉丁字母）與葡萄牙語字母的關聯，還有葡萄牙語於印度歐洲語系的位置。

　　接著第一天，認識葡萄牙語的 5 個元音字母：A、E、I、O、U。

　　第二天，認識葡萄牙語的 21 個輔元字母：B、C、D、F、G、H、J、K、L、M、N、P、Q、R、S、T、V、W、X、Y、Z，而其中的「K、

W、Y」屬於外來語專用字母。

在第一天和第二天所學的葡萄牙語的 26 個字母（5 個元音字母＋ 21 個輔元字母），由於和英文 26 個字母長得一樣，所以讀者應該一點也不陌生。至於書中「發音」的學習，採用的是「音標」，因為音標能讓自學者以最熟悉的方式學習最標準的發音。在課堂上，我多採用讓學生們直接閱讀葡萄牙文來學習發音；而手持本書的您，則可透過掃描本書的 QR Code，運用老師為您錄製的音檔搭配學習。

到了第三天，本書帶您認識葡萄牙語的「元音相遇」，由於是要認識詞彙的音節結構，因此說明得比較詳細。詞彙的音節可分為「二重元音」（ditongo）、「三重元音」（tritongo）和「元音分立」（hiato）三種，他們的共同點就是都含有「半元音」。有關這些，您可在書中獲得充分的學習。

第四天，認識葡萄牙語的輔音連綴及輔音連綴的定義（1）：BL、BR、CL、CR、DR、FL、FR、GL、GR、PL、PR、TL、TR、VL、VR。

第五天，認識葡萄牙語的輔音連綴及輔音連綴的定義（2）：BJ、BS、DV、GM、GN、MN、PN、PS、PT、TM。

第六天，認識葡萄牙語的二合字母及二合字母的定義：CH、lh、nh、rr、ss、GU、QU、sc、sç、xc。

最後的第七天是總驗收，帶您開始開口說葡萄牙語。從最簡單

日常生活用語，如打招呼、禮貌用語、詢問等實用的詞彙開始，應有盡有，是學好巴西葡萄牙語的第一步！

　　期盼這本《信不信由你　一週開口說葡萄牙語》，能夠讓有心、有興趣、抑或不知從何處著手學習葡萄牙語的您，更有信心地開口說葡萄牙語！

守般若

2024.02

如何
使用本書

Step 1 認識葡萄牙語的起源與變化

本書的第 0 天，在學習葡萄牙語字母及發音前，先認識
葡萄牙語的來源與演變，接著再了解關於葡萄牙語字母
的一二事。掌握先機，學習才能事半功倍！

Step 2 學習葡萄牙語的字母、發音

運用本書的第一天到第六天，輕鬆學會葡萄牙語字母。
只要六天，葡萄牙語基本字母母音、子音、元音相遇、
輔音連綴、二合字母，聽、說、讀、寫一次學會！

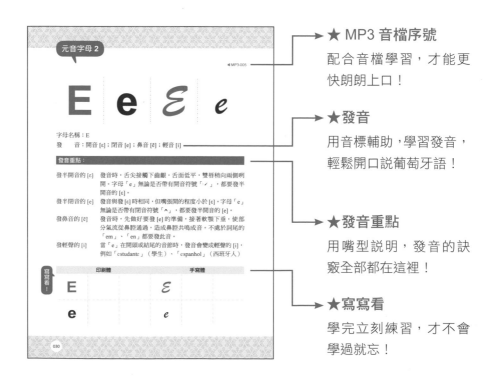

★ MP3 音檔序號

配合音檔學習，才能更
快朗朗上口！

★發音

用音標輔助，學習發音，
輕鬆開口說葡萄牙語！

★發音重點

用嘴型說明，發音的訣
竅全部都在這裡！

★寫寫看

學完立刻練習，才不會
學過就忘！

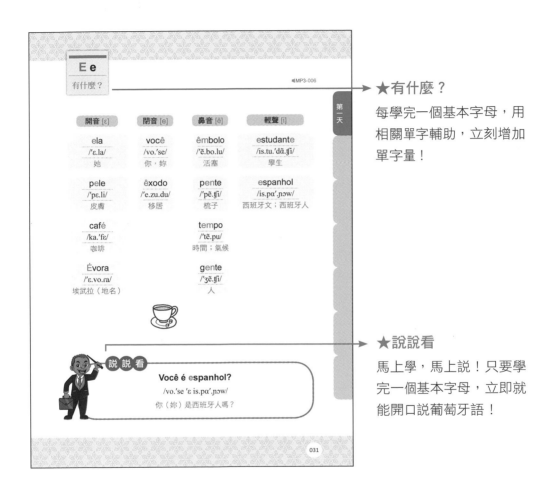

E e

有什麼？

◀MP3-006

開音 [ɛ]	閉音 [e]	鼻音 [ê]	輕聲 [i]
ela	você	êmbolo	estudante
/'ɛ.la/	/vo.'se/	/'ê.bo.lu/	/is.tu.'dã.ʧi/
她	你，妳	活塞	學生
pele	êxodo	pente	espanhol
/'pɛ.li/	/'e.zu.du/	/'pê.ʧi/	/is.pɑ'.nɔw/
皮膚	移居	梳子	西班牙文；西班牙人
café		tempo	
/ka.'fɛ/		/'tê.pu/	
咖啡		時間；氣候	
Évora		gente	
/'ɛ.vo.ra/		/'ʒê.ʧi/	
埃武拉（地名）		人	

說說看

Você é espanhol?

/vo.'se 'ɛ is.pɑ'.nɔw/

你（妳）是西班牙人嗎？

★有什麼？

每學完一個基本字母，用相關單字輔助，立刻增加單字量！

★說說看

馬上學，馬上說！只要學完一個基本字母，立即就能開口說葡萄牙語！

031

007

學習葡萄牙語的句子、會話

Step 3

學習完葡萄牙語的字母，認識了單字後，開始學習簡單的葡萄牙語句子及會話吧！第七天整理了常用的「打招呼」、「禮貌用語」、「詢問 & 回答」等等，跟著本書開口說，您會發現葡萄牙語其實一點也不難！

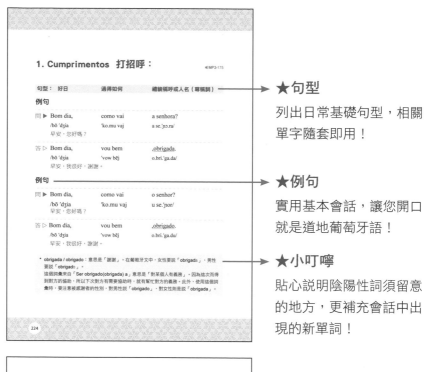

★句型

列出日常基礎句型，相關單字隨套即用！

★例句

實用基本會話，讓您開口就是道地葡萄牙語！

★小叮嚀

貼心說明陰陽性詞須留意的地方，更補充會話中出現的新單詞！

★輕鬆一下

除了學習巴西葡萄牙語，也要認識巴西文化。巴西給人的印象是什麼？又有哪些軼聞趣事與巴西有關呢？這裡全部告訴您！

目　錄

Quarto Dia Conhecendo os Encontros Consonantais do Português(1)
第四天　認識葡萄牙語的輔音連綴（1）

Quinto Dia Conhecendo os Encontros Consonantais do Português(2)
第五天　認識葡萄牙語的輔音連綴（2）

Sexto Dia Conhecendo os Dígrafos do Português
第六天　認識葡萄牙語的二合字母

Sétimo Dia Começando a Falar o Português do Brasil
第七天　開始開口說巴西葡萄牙語

Preliminar
Conhecendo o
Português

第 0 天
認識葡萄牙語

0.1 葡萄牙語字母的來源與演變

　　葡萄牙文的字母類似漢字，都是所謂的「表意文字」，這是因為葡萄牙文採用的是拉丁字母（也稱為「羅馬字母」），而拉丁字母源於現有的事物，也就是「實體事物」的緣故。換句話說，屬於表意文字的漢字，是從實體事物演變而來的，如「山」、「好」（女人＋孩子），而拉丁文字也同樣是從實體事物演變而來。當然，此演變過程十分地長，而這個過程的開端，始於埃及象形文字。

　　我們從古埃及的「閃米特字母」，以及古義大利的「伊特魯里亞字母」，可以看出各個「羅馬字母」的演變。

閃米特字母 （Alfabeto Semítico）	伊特魯里亞字母 （Alfabeto Etrusco）	羅馬字母 （Alfabeto Romano）
		A
		B
		C
		D

閃米特字母 （Alfabeto Semítico）	伊特魯里亞字母 （Alfabeto Etrusco）	羅馬字母 （Alfabeto Romano）
	Ε Ɛ	E
		F
		G
	I	H

閃米特字母 （Alfabeto Semítico）	伊特魯里亞字母 （Alfabeto Etrusco）	羅馬字母 （Alfabeto Romano）
		I
		J
		K
		L

閃米特字母 （Alfabeto Semítico）	伊特魯里亞字母 （Alfabeto Etrusco）	羅馬字母 （Alfabeto Romano）
		M
		N
		O
		P

閃米特字母 （Alfabeto Semítico）	伊特魯里亞字母 （Alfabeto Etrusco）	羅馬字母 （Alfabeto Romano）
𐤏	𐌒	Q
	𐌓	R
	𐌔	S
+	T	T

閃米特字母 （Alfabeto Semítico）	伊特魯里亞字母 （Alfabeto Etrusco）	羅馬字母 （Alfabeto Romano）
ϙ	Υ	U
ϙ	Υ	V
Υ	V	W
ﬞ	X	X

閃米特字母 （Alfabeto Semítico）	伊特魯里亞字母 （Alfabeto Etrusco）	羅馬字母 （Alfabeto Romano）
ọ	Y	Y
=	I	Z

0.2 羅馬字母（拉丁字母）與葡萄牙語字母的關聯

　　羅馬字母（拉丁字母）是當今世界上使用最廣泛的字母書寫系統，有超過 25 億人口使用。羅馬字母是由 27 個主要字母組成，其中的 21 個字母源自於伊特魯里亞字母（伊特魯里亞字母有 26 個），而其餘 6 個則修改自希臘文。由於羅馬字母被羅馬帝國使用，且隨著羅馬帝國版圖的擴張，使得被羅馬帝國征服的民族語言也被拉丁化，這就是許多地方的語言也使用羅馬字母的原因。從歐盟，一直到美洲、撒哈拉，甚至非洲南部、太平洋諸島，有非常多地方的語言都是使用羅馬字母。

◀ MP3-002

印刷	羅馬字母共有 27 個字
大寫	A B C D E F G H I J K L M N Ñ O P Q R S T U V W X Y Z
小寫	*a b c d e f g h i j k l m n ñ o p q r s t u v w x y z*

印刷	葡萄牙語的字母共有 26 個字
大寫	A B C D E F G H I J K L M N O P Q R S T U V W X Y Z
小寫	*a b c d e f g h i j k l m n o p q r s t u v w x y z*

0.3 葡萄牙語於印度歐洲語系的位置

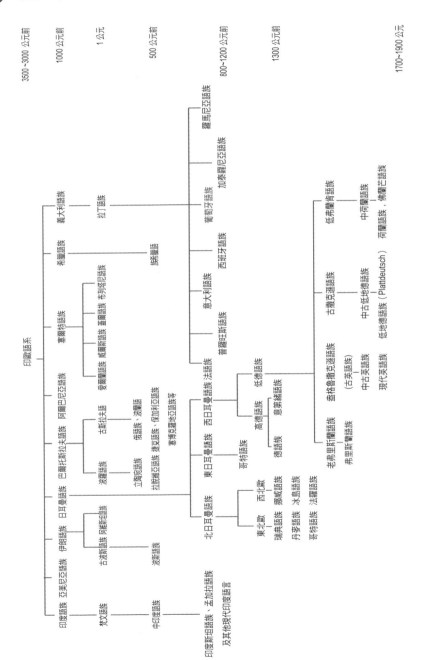

3500~3000 公元前　　1000 公元前　　1 公元　　500 公元前　　800~1200 公元前　　1300 公元前　　1700~1900 公元

印歐語系

印度語族 亞美尼亞語族 伊朗語族 日耳曼語族 巴爾托斯拉夫語族 阿爾巴尼亞語族 塞爾特語族 希臘語族 義大利語族 羅馬尼亞語族

梵文語族　古波斯語族 阿羅斯坦語族　波羅語族 古斯拉夫語　愛爾蘭語族 威爾斯語族 蓋爾語族 布列塔尼語族　拉丁語族　葡萄牙語族 加泰羅尼亞語族

中印度語族　波斯語　立陶宛語族　俄羅斯、波蘭語　西班牙語族　佛蘭芒語族

拉脫維亞語族 捷克語族（烏克蘭語族）　意大利語族　中荷蘭語族

塞博克羅地亞語族等　普羅旺斯語族　（荷蘭語族、佛蘭芒語族）

北日耳曼語族 東日耳曼語族 西日耳曼語族 法語族　古僭克遜語族　低弗蘭肯語族

哥特語族 高德語族 低德語族　盎格魯撒遜語族 中古低地德語族

東北歐　西北歐　德語族 意第緒語族　（古英語族）　低地德語族（Plattdeutsch）

瑞典語族 挪威語族　中古英語族

丹麥語族 冰島語族　現代英語族

哥特語族 法羅語族　老弗里斯蘭語族

弗里斯蘭語族

印度斯坦語族、孟加拉語族

及其他現代印度語言

0.4 先瞭解關於葡萄牙語字母的一些事

葡萄牙語的發音很規律，只要掌握相應的發音規則，見到任何一個單詞都能夠正確發音。

葡萄牙文中的「Alfabeto」（字母表）一詞，亦稱為「Abecedário」，原本共有 23 個字母。其中 5 個字母為「母音」或「元音」（vowel），分別是 a、e、i、o、u，而「子音」或稱「輔音」則是剩下的 21 個，分別是 b、c、d、f、g、h、j、k、l、m、n、p、q、r、s、t、v、w、x、y、z，但在 21 個子音當中，k、w、y 這 3 個字母是屬於書寫外來語時專用。

不過，葡萄牙語國家共同體（Comunidade dos Países de Língua Portuguesa）在「1990 年葡萄牙語正字法協議」（Acordo Ortográfico da Língua Portuguesa de 1990）簽定了統一寫法的協議。之所以要簽訂此協議，目的是為了創造一個統一的葡萄牙語寫法，讓所有以葡萄牙語為官方語言的國家使用。此合約由安哥拉、巴西、維德角共和國（República de Cabo Verde）、幾內亞比索、莫三比克、葡萄牙和聖多美普林西比的各國官方代表，於 1990 年 12 月 16 日在里斯本簽下。而東帝汶在獨立後，也在 2004 年加入此協議。（註 1）

至於葡萄牙文中的符號，我們可將之分為 4 種：

1. 「開音符號」（ACENTO AGUDO），標示成「ˊ」，它是「開音」的表示。例如：SÁBADO（週六）。

2. 「閉音符號」（ACENTO CIRCUNFLEXO），標示成「ˆ」，它是「閉音」的表示。例如：VOCÊ（你）。

3. 「鼻音符號」（TIL），標示成「～」，它是「鼻音」的表示。例如：MAÇÃ（蘋果）。

4. 「綴音符號」（ACENTO GRAVE），標示成「ˋ」。這個符號比較特殊，他與「發音重讀」也就是「重音節」毫無關係，而是和「文法」有關。例如當兩個身分不同的 A 合併時，則會改變念法。舉例如下：

EU VOU À BIBLIOTECA EMPRESTAR LIVROS.（我去圖書館借書。）

→ VOU A ＋ A BIBLIOTECA（「介詞」A ＋「定冠詞」A）

→「VOU À BIBLIOTECA」。

除此之外，尚有區別性的符號，在這我們不贅述。

Memorando

Primeiro Dia
Conhecendo as Cinco
Vogais do Português

第一天
認識葡萄牙語的
五個元音字母

A、E、I、O、U

MP3-003

A a *A a*

字母名稱：A

發　　音：開音 [a]；閉音 [α]；鼻音 [ã]

發音重點：

發開音的 [a]　發音時嘴張開，舌面自然放平。單字中的字母「a」無論是否帶有開音符號「ˊ」，都要發開音的 [a]。

發閉音的 [α]　發音時與開音的 [a] 差不多，但嘴張開的程度必須略小一些，且舌面要稍稍抬起。

發鼻音的 [ã]　發音時，先做好要發 [α] 的準備，接著軟顎下垂，使部分氣流從鼻腔通過，造成鼻腔共鳴成音*。帶有鼻音符號「～」的字母「ã」，與不處於詞尾的「am」、「an」都發此音。

* 成音：發音時，音會通過口腔後成為一種聲音，反之，當音通過鼻腔後變成另一聲音。

寫寫看！

印刷體		手寫體	
A		*A*	
a		*a*	

A a

有什麼？

開音 [a]	閉音 [ɑ]	鼻音 [ɑ̃]
a gente /aˈʒẽ.tʃi/ 我們	**Ana** /ˈɑ.na/ 安娜（名字）	**ambulância** /ˈɑ̃.bu.lɑ̃.si.a/ 救護車
árvore /ˈar.vo.ɾi/ 樹木	**âmago** /ˈɑ.ma.gu/ 核心	**ambos** /ˈɑ̃.bus/ 兩者
água /ˈa.gwa/ 水	**banho** /ˈbɑ.ɲu/ 洗澡	**maçã** /ma.ˈsɑ̃/ 蘋果
aqui /a.ˈki/ 這裡	**ano** /ˈɑ.nu/ 年份	**irmã** /iɾ.ˈmɑ̃/ 姊妹

説 説 看

A gente está aqui.

/aˈʒẽ.tʃi is.ˈta a.ˈki/

我們在這裡。

E e ℰ e

字母名稱：E

發　　音：開音 [ɛ]；閉音 [e]；鼻音 [ẽ]；輕音 [i]

發音重點：

發半開音的 [ɛ]	發音時，舌尖接觸下齒齦，舌面低平，雙唇稍向兩側咧開。字母「e」無論是否帶有開音符號「ˊ」，都要發半開音的 [ɛ]。
發半閉音的 [e]	發音與發 [ɛ] 時相同，但嘴張開的程度小於 [ɛ]。字母「e」無論是否帶有閉音符號「ˆ」，都要發半開音的 [e]。
發鼻音的 [ẽ]	發音時，先做好要發 [e] 的準備，接著軟顎下垂，使部分氣流從鼻腔通過，造成鼻腔共鳴成音。不處於詞尾的「em」、「en」都要發此音。
發輕聲的 [i]	當「e」在開頭或結尾的音節時，發音會變成輕聲的 [i]，例如「estudante」（學生）、「espanhol」（西班牙人）

寫寫看！

印刷體			手寫體	
E			ℰ	
e			e	

E e

有什麼？

開音 [ε]	閉音 [e]	鼻音 [ẽ]	輕聲 [i]
ela	você	êmbolo	estudante
/ˈɛ.la/	/vo.ˈse/	/ˈẽ.bo.lu/	/is.tu.ˈdã.tʃi/
她	你，妳	活塞	學生
pele	êxodo	pente	espanhol
/ˈpɛ.li/	/ˈe.zu.du/	/ˈpẽ.tʃi/	/is.pɐ.ˈɲɔw/
皮膚	移居	梳子	西班牙文；西班牙人
café		tempo	
/ka.ˈfɛ/		/ˈtẽ.pu/	
咖啡		時間；氣候	
Évora		gente	
/ˈɛ.vo.ɾa/		/ˈʒẽ.tʃi/	
埃武拉（地名）		人	

說說看

Você é espanhol?

/vo.ˈse ˈɛ is.pɐ.ˈɲɔw/

你（妳）是西班牙人嗎？

◀MP3-007

字母名稱：I
發　　音：閉音 [i]；鼻音 [ĩ]

發音重點：

發閉音的 [i]　字母「i」在不構成二重元音的情況下要發 [i] 音。
發鼻音的 [ĩ]　發音時，先做好發 [i] 音的準備，接著軟顎下垂，使部分氣流從鼻腔通過，造成鼻腔共鳴成音。單字中只要「im」、「in」後面為輔音字母都發此音。

寫寫看！	印刷體		手寫體	
	I		ʔ	
	i		i	

I i

有什麼？

第一天

閉音 [i]	鼻音 [ĩ]
imenso	**imbecil**
/i.'mẽ.su/	/ĩ.be.'siw/
巨大的	白癡
imortal	**imposto**
/i.moɾ.'taw/	/ĩ.'pos.tu/
不朽	稅款
imediato	**intruso**
/i.me.dʒi.'a.tu/	/ĩ.'tru.zu/
立即的	入侵者
idéia	**inverno**
/i.'dɛj.a/	/ĩ.vɛɾ.nu'/
想法	冬天

說說看

É uma boa idéia!

/'ɛ u.ma boa i.'dɛj.a/

這是個好的主意！

◀MP3-009

字母名稱：O

發　　音：開音 [ɔ]；閉音 [o]；閉音 [u]；鼻音 [õ]

發音重點：

發開音的 [ɔ]　不管字母「o」有無開音符號「ˊ」都發 [ɔ]。例如：「pólvora」
　　　　　　（火藥）、「pobre」（窮人）

發閉音的 [o]　不管字母「o」有無開音符號「ˆ」都發 [o]。例如：「metrô」
　　　　　　（捷運）、「bolo」（蛋糕）

發閉音的 [u]　發音時，嘴張開的程度很小，同時雙唇收圓，向前突出。

發鼻音的 [õ]　發音時，先做好要發 [o] 的準備，接著軟顎下垂，使部分
　　　　　　氣流從鼻腔通過，造成鼻腔共鳴成音。單字裡面只要有
　　　　　　「on」、「om」都發此音。

寫寫看！	印刷體		手寫體	
	O		𝒪	
	o		𝒶	

034

O o

有什麼？

第一天

開音 [ɔ]	閉音 [o]	閉音 [u]	鼻音 [õ]
óbvio	Ômega	oito	bom
/ˈɔ.bi.vi.u/	/ˈo.me.ga/	/ˈoj.tu/	/ˈbõ/
明顯的	歐米茄（Ω）	八	好的
óleo	orelha	olho	som
/ˈɔ.li.u/	/ˈo.re.ʎa/	/ˈo.ʎu/	/ˈsõ/
油	耳朵	眼睛	聲音
ode	ostra	ouro	onde
/ˈɔ.dʒi/	/ˈos.tra/	/ˈow.ru/	/ˈõ.dʒi/
奧德（詩歌）	牡蠣	黃金	哪裡？
agora	ovelha	ovo	ontem
/a.gˈɔ.ra/	/ˈo.ve.ʎa/	/ˈo.vu/	/ˈõ.tẽ/
現在	綿羊	雞蛋	昨天

說說看

A: Obrigado(a)!
/o.bri.ˈga.du/
/o.bri.ga.da/
謝謝！

B: Por nada!
/poɾ ˈna.da/
不用客氣！

035

U u 𝒰 𝓊

字母名稱：U

發　　音：閉音 [u]；鼻音 [ũ]

發音重點：

發開音的 [u]　字母「u」在不構成二重元音情況之下，要發 [u]。

發鼻音的 [ũ]　發音時，先做好要發 [u] 的準備，接著軟顎下垂，使部分氣流從鼻腔通過，造成鼻腔共鳴成音。單字當中，只要裡面有「um」或「un」，都要發 [ũ] 音。

寫寫看！	印刷體		手寫體	
	U		𝒰	
	u		𝓊	

U u

有什麼？

閉音 [u]	鼻音 [ũ]
Ucrânia	**um**
/u.ˈkrɑ.ni.a/	/ˈũ/
烏克蘭	一個
último	**um**bigo
/ˈul.ʧi.mu/	/ˈũ.bi.gu/
最後	肚臍
urina	**m**undo
/u.ˈɾi.na/	/ˈmũ.du/
尿液	世界
uva	**n**unca
/ˈu.va/	/ˈnũ.ka/
葡萄	從不

說說看

Você é o último.

/vo.ˈse ˈɛ o ˈul.ʧi.mu/

你是最後一名。

LEI DE GERSON（熱爾松定律）

　　人人都聽過「墨菲定律」，根據墨菲定律：「凡是可能出錯的事，就一定會出錯。」而在巴西，最著名的定律之一就是「熱爾松定律」（Lei de Gérson），根據熱爾松定律：「凡是可能出錯的事，也不會有問題。」因為即使出問題，巴西人也會想盡辦法讓錯誤看起來是正確的。

　　這條熱爾松定律起源於「熱爾松」（Gérson）這位名人，他是巴西足球歷史上最好的中場球員之一，也是前聖保羅足球俱樂部（São Paulo Futebol Clube）中等規模球隊的球員。熱爾松曾在1976年為維拉里卡（Vila Rica）香菸公司拍過廣告片，當時他談起該品牌香菸的優點，說出了一句話：「是好抽的，順滑的，不刺激喉嚨的」，接著又說：「既然維拉給我的好處，是所有好牌子都該有的，為何我還要買一個較貴的香菸牌子？」

　　警語：吸菸有害健康。

參考資料：
https://pt.wikipedia.org/wiki/Lei_de_G%C3%A9rson#:~:text=A%20%22Lei%20de%20
G%C3%A9rson%22%20acabou,para%20a%20obten%C3%A7%C3%A3o%20de%20
vantagens/11/02/2024

Segundo Dia
Conhecendo as Vinte e Uma Consoantes do Português

第二天
認識葡萄牙語的二十一個輔元字母

B、C（Ç）、D、F、G、H、J、K、L、M、N、P、Q、R、S、T、V、W、X、Y、Z

關於字母「Q」的說明：

在輔元字母的說明中，您會發現少了「Q」。

之所以沒有介紹，是因為「Q」只有和「U」結合時才會發音。

「QU」來自拉丁文，在葡萄牙語中被用來表示「C」的音，像是「CA、CO、CU」這三個組合都發 [k] 的音，而「CE、CI」這兩個組合則是發 [s] 的音。也就是說，「CA、CE、CI、CO、CU」這幾組字的發音是無法歸納在一起的；而「CA、QUE、QUI、CO、CU」這幾組字的發音則可以歸納在一起，因為都發 [k] 的音。也因此，當要發 [k] 音時，「E、I」之前都必須加「QU」。

◀MP3-013

B b *B* *l*

字母名稱：BE

發　　音：[b]

發音重點：

　　發 [b] 音時，雙唇閉攏形成氣流阻塞，接著雙唇突然分開，讓氣流衝出，爆破成音。[b] 是濁輔音，發音時聲帶要振動。

寫寫看！

印刷體			手寫體	
B			*B*	
b			*l*	

B b
有什麼？

+ a, e, i, o, u

🔊 MP3-014

babá	bebê	bico
/ba.ˈba/	/be.ˈbe/	/ˈbi.ku/
保母	嬰兒、寶貝	鳥嘴

bola	burro
/ˈbɔ.la/	/ˈbu.ru/
圓球	驢子

説説看

Você tem um bebê ?

/vo.ˈse tẽ ũ be.ˈbe/

你有一個小孩（嬰兒）？

◀ MP3-015

字母名稱：CE
發　　音：[k]，[s]

發音重點：

　　發音時，舌面後部隆起，緊貼軟顎，形成阻塞，然後舌面與軟顎突然分開，氣流衝出，爆破成音。

　　當字母「c」出現在元音字母「a、o、u」前面時，會發清輔音 [k]，發音時聲帶不振動。但請留意，若字母「c」碰到元音字母「e、i」時，會發 [s] 音。

寫寫看！

印刷體			手寫體	
C			*C*	
c			*c*	

042

C c
有什麼？

+ a, o, u

發 [k] 的音

casa
/ˈka.za/
房子

cota
/ˈkɔ.ta/
名額

coroa
/ko.ˈɾo.a/
王冠

cume
/ˈku.mi/
頂峰

發 [s] 的音

cidade
/si.ˈda.dʒi/
城市

ciclone
/si.ˈklo.ni/
颱風

cerca
/ˈser.ka/
柵欄

celular
/se.ˈlu.lar/
手機

說 說 看

Temos cotas para gestantes.
/ˈte.mus ˈkɔ.tas ˈpa.ɾa ˈʒes.ˈtã.tis/
我們公司孕婦有保障名額。

字母名稱：CE CEDILHA

發　　音：[s]

發音重點：

　　「ç」是「c」的變體，並只出現在元音字母「a、o、u」前面。若出現在元音字母「e、i」前面，就必須使用其原體「c」。

	印刷體		手寫體	
Ç			Ç	
ç			ç	

寫寫看！

Ç ç 有什麼？

+ a, o, u

請注意！出現在 ce、ci 的「c」，沒帶有「cedilha」
（c 下面的「˛」符號）。

moça	caroço	açúcar
/ˈmo.sa/	/kaˈɾo.su/	/a.ˈsu.kar/
女孩	果核	糖

說說看

Queremos açúcar no chá!

/ke.ˈɾe.mus a.ˈsu.kar ˈnu ˈʃa/

我們要在茶裡加糖！

字母名稱：DE

發　　音：[d]，[ʤ]

發音重點：

　　發音時，舌尖緊貼上齒齦，讓對氣流形成阻塞，接著舌尖突然下降，讓氣流衝出成音。[d] 是濁輔音，發音時聲帶要振動。簡而言之，[d] 音類似英文「day」的「d」，[ʤ] 音類似英文「jet」的「j」。

寫寫看！

印刷體		手寫體	
D		𝒟	
d		𝒹	

D d

有什麼？

+ a, e, i, o, u

◀ MP3-020

dados	dedos	dia
/ˈda.dus/	/ˈde.dus/	/ˈdʒi.a/
資料	手指	日子、天

dono	dúvidas
/ˈdo.nu/	/ˈdu.vi.das/
擁有者	疑問

説説看

Vão-se os anéis, ficam os dedos. （諺語）

/ˈvãw si os a.nɛjs fi.kã us de.dus/

留得青山在，不怕沒柴燒。

F f 𝟕 𝒇

字母名稱：EFE

發　　音：[f]

發音重點：

　　發音時，上齒輕觸下唇，讓對氣流形成一定的阻塞，接著突然張開嘴，讓氣流通過，摩擦成音。[f] 是清輔音，發音時聲帶不振動。

寫寫看！	印刷體		手寫體	
	F		𝟕	
	f		𝒇	

F f

有什麼？

+ a, e, i, o, u

第二天

faca	**fe**sta	**fi**nal
/ˈfa.ka/	/ˈfɛs.ta/	/fi.ˈnaw/
刀子	派對	最後的
fome	**fu**maça	
/ˈfo.mi/	/fu.ˈma.sa/	
飢餓	煙霧	

説 説 看

É uma boa **fe**sta!

/ˈɛ ˈu.ma ˈbo.a ˈfɛʃ.ta/

是個很棒的派對！

字母名稱：GE

發　　音：[g]，[ʒ]

發音重點：

　　字母「g」與「k」的發音大致相同，不同之處在於字母「g」是濁輔音，發音時聲帶要振動，當字母「g」出現在元音字母「a、o、u」前面時，會發音成 [g]，而字母「k」則屬清輔音，發音時聲帶不振動。另外，當字母「g」碰到元音「e、i」時，則會發音成 [ʒ]。

寫寫看！	印刷體		手寫體	
	G		𝒢	
	g		𝑔	

G g

有什麼？

+ a, e, i, o, u

MP3-024

發 [g] 的音

garfo
/ˈgar.fu/
叉子

gângster
/ˈgã.gis.teɾ/
流氓

gato
/ˈga.tu/
貓

goma
/ˈgo.ma/
口香糖

gula
/ˈgu.la/
暴食、貪吃

發 [ʒ] 的音

gelo
/ˈʒe.lu/
冰塊

gente
/ˈʒẽ.tʃĩ/
人

gesto
/ˈʒɛs.tu/
手勢

gigolo
/ʒi.go.ˈlo/
情夫

girassol
/ʒi.ra.ˈsow/
向日葵

說 說 看

Vamos embora daqui, agora !

/ˈvɑ.mus ẽ.bɔ.ra. da.ˈki a.ˈgo.ra/

走，我們離開這裡吧，馬上！

051

輔元字母 6

MP3-025

字母名稱：AGA

發　　音：不發音

發音重點：

字母「h」單獨使用時，一般都是出現在單字的開頭，這時它並不發音。

寫寫看！	印刷體			手寫體	
	H			𝓗	
	h			𝒽	

052

H h

有什麼？

+ a, e, i, o, u

🔊MP3-026

第二天

hábito
/ˈa.bi.tu/
習慣

helicóptero
/e.li.ˈkɔ.pi.te.ru/
直升機

hipopótamo
/i.po.ˈpo.ta.mu/
河馬

hoje
/ˈo.ʒe/
今天

humor
/u.ˈmoɾ/
幽默

説說看

Cuidado! Hoje o chefe está de mau humor.

/kuj.ˈda.du ˈho.ʒi ˈu ˈʃɛ.fi is.ˈta ̍ ʤi ˈmaw hu.ˈmoɾ/

小心！今天主管心情不好。

053

◀MP3-027

字母名稱：JOTA

發　　音：[ʒ]

發音重點：

發 [ʒ] 的音。發音時，舌面抬起，形成一條狹長的通道，接著雙唇同時向外突出翹起，讓氣流從口腔後部往外衝，摩擦舌面成音。[ʒ] 是濁輔音，發音時聲帶要振動。

寫寫看！	印刷體		手寫體	
	J		𝒥	
	j		𝒾	

J j
有什麼？

+ a, e, i, o, u

第二天

jardim	**jejum**	**jipe**
/ʒaɾ.ˈdʒĩ/	/ʒe.ˈʒũ/	/ˈʒi.pi/
花園	空腹	吉普車

jornal	**judô**
/ʒoɾ.ˈnaw/	/ʒu.ˈdo/
報紙	柔道

說說看

Você sabe lutar judô?

/vo.ˈse sa.bi lu.taɾ ʒu.ˈdo/

你會柔道嗎？

字母名稱：KA

發　　音：[k]

發音重點：

在外來語中，會發 [k] 的音，例如「kilo」（公斤）這個字。

寫寫看！	印刷體			手寫體	
	K			𝒦	
	k			𝓀	

K k

有什麼？

+ a, e, i, o, u

MP3-030

第二天

karaokê
/ka.ɾa.o.ˈke/

卡拉 OK、KTV

kilo
/ˈki.lu/

公斤

kung fu
/ˈkũ fu/

功夫

ketchup
/kɛ.ˈtʃu.pi/

番茄醬

konika
/ˈko.ni.ka/

柯尼卡（日本企業コニカ）

說 說 看

Quanto é o ketchup ?

/ˈkwã.tu ɛ u kɛ.ˈtʃu.pi/

番茄醬多少錢？

◀MP3-031

字母名稱：ELE

發　　音：[l]

發音重點：

　　發音時，舌面位置低平，舌尖抵住上齒齦，形成氣流對的阻塞，接著舌尖突然與上齒齦分開，氣流衝出成音。當字母「l」出現在音節開頭時會發此音。

寫寫看！	印刷體		手寫體	
	L		𝓛	
	l		𝓵	

有什麼？

Ll + a, e, i, o, u

◀ MP3-032

第二天

lama
/ˈlɑ.ma/
泥巴

lenha
/ˈle.ɲa/
木柴

livre
/ˈli.vɾi/
自由

lotus
/ˈlɔ.tus/
蓮花

luto
/ˈlu.tu/
喪服

說說看

Quando você tem tempo livre?

/ˈkwɐ̃.du vo.ˈse tẽ tẽ.pu ˈli.vɾi/

你什麼時候有空？

◀ MP3-033

M m *M* *m*

字母名稱：EME

發　　音：[m]

發音重點：

　　當字母「m」處於音節的開頭時，發 [m] 音。發音時，雙唇緊閉，舌面低平，軟顎下垂，使氣流從鼻腔洩出成音。

寫寫看！	印刷體		手寫體	
	M		*M*	
	m		*m*	

M m
有什麼？

+ a, e, i, o, u

mal	medo	mito
/'maw/	/'me.du/	/'mi.tu/
邪惡	害怕	神話

moda	murro
/'mɔ.da/	/'mu.ru/
時尚	拳擊

說說看

O bem vence o mal.

/'u bẽ vẽ.si u maw/

正義戰勝邪惡。

◀ MP3-035

N n 𝒩 𝓊

字母名稱：ENE
發　　音：[n]

發音重點：

　　當字母「n」處於音節的開頭時，發 [n] 音。發音時，雙唇自然分開，舌尖緊貼上齒齦，軟顎下垂，使氣流從鼻腔洩出成音。

寫寫看！	印刷體		手寫體	
	N		𝒩	
	n		𝓊	

N n

有什麼？

+ a, e, i, o, u

não	negro	nível
/'nãw/	/'ne.gɾu/	/'ni.vew/
不	黑色	水準

nome	nulo
/'no.mi/	/'nu.lu/
名字	無效

説 説 看

Qual é o seu nome ?

/'kwaw ɛ u sew no.mi/

你叫什麼名字？

◀MP3-037

P p *P* *p*

字母名稱：PE

發　　音：[p]

發音重點：

　　發音時，雙唇並攏，形成氣流阻塞，接著雙唇突然分開，使氣流衝出成音。[p] 是清輔音，發音時聲帶不振動。

寫寫看！

印刷體			手寫體	
P			*P*	
p			*p*	

P p

有什麼？

+ a, e, i, o, u

padre	pedra	pipoca
/ˈpa.dɾi/	/ˈpɛ.dɾa/	/pi.ˈpɔ.ka/
神父	石頭	爆米花

posto	punho
/ˈpos.tu/	/ˈpu.ɲu/
職位	拳頭

說 說 看

Quanto custou a pipoca ?

/ˈkwã.tu kus.ˈtou a pi.ˈpɔ.ka/

你買的爆米花多少錢？

◀MP3-039

字母名稱：ERRE
發　　音：[r]，[ɾ]

發音重點：

　　字母「r」有兩種發音方式，一個是單顫舌音 [ɾ]，另一個則是多顫舌音 [r]。

　　發單顫舌音 [ɾ] 時，要先將舌面抬起，然後整個舌部盡量放鬆，讓氣流通過，在聲帶振動的同時，使舌尖輕微顫動一次。當字母「r」不處於詞首，或不處於輔音字母「l、n、s」之後時，要發這個音。

　　而發多顫舌音 [r] 時，其發音要訣與單顫舌音相同，僅是舌尖多振動幾次。此外，多顫舌音 [r] 也可以發成小舌音 *[R]。當字母「r」處於詞首，或是處於「l、n、s」之後，例如「melro」（黑鳥），「honra」（榮譽），「Israel」（以色列）或是形成字母組合「rr」時，例如「terremoto」（地震），要發 [r] 這個音（後續在第六天會再提及）。

* 小舌音（uvular consonant）：是用氣流衝擊或摩擦小舌得到的顫音或摩擦音。

寫寫看！	印刷體		手寫體	
	R		ℛ	
	r		ɾ	

R r

有什麼？

+ a, e, i, o, u

第二天

發 [r] 音	發 [ɾ] 音
rato	**agora**
/ˈra.tu/	/a.ˈgɔ.ɾa/
老鼠	現在
remo	**direto**
/ˈre.mu/	/dʒi.ˈɾɛ.tu/
划船	直接的
riso	**ferida**
/ˈri.zu/	/fe.ˈɾi.da/
笑	傷口
roto	**querosene**
/ˈro.tu/	/ke.ɾo.ˈze.ni/
破碎	煤油
rumo	**peruca**
/ˈru.mu/	/pe.ˈɾu.ka/
方向	假髮

說說看

O barco está sem rumo.

/ˈu ˈbaɾ.ku is.ˈta ˈsẽ ˈru.mu/

船舶漫無目的。

輔元字母 14

◀ MP3-041

字母名稱：ESSE

發　　音：[s]，[z]

發音重點

　　字母「s」有二種發音，一是 [s]，另一個是 [z]。

　　發 [z] 音時，口腔各部位的動作與發 [s] 音相同。兩者的不同在於 [s] 是清輔音，[z] 是濁輔音。

　　出現在兩個元音之間的「s」，例如「peso」（重量），及部分出現於輔音字母「b」後面，例如：「obséquio」（禮品），和鼻輔音字母「n」之後的音節開頭的「s」，例如：「trânsito」（交通），都發 [z] 的音。

寫寫看！	印刷體		手寫體	
	S		*S*	
	s		*s*	

068

S s 有什麼？ + a, e, i, o, u

發 [s] 音	發 [z] 音
saída	**amnésia**
/saˈi.da/	/amˈnɛ.zi.a/
出口	健忘症
série	**peso**
/ˈsɛ.ɾi.e/	/ˈpe.zu/
系列	重量
sítio	**trânsito**
/ˈsi.tʃi.u/	/ˈtrɑ̃.zi.tu/
網站	交通
sonho	**obséquio**
/ˈso.ɲu/	/obˈzɛ.ki.u/
夢想	禮品
suor	**casa**
/suˈɔɾ/	/ˈka.za/
汗水	家

說說看

"Sonho de pobre é ficar rico." (Lula da Silva)

/ˈso.ɲu ʤi pɔ.bri ɛ fi.kaɾ ri.ku/

「窮人的夢想是變得富有。」（盧拉 · 達席爾瓦）

T t ⁊ *t*

字母名稱：TE

發　　音：[t]，[ʧ]

發音重點：

　　發音時，舌尖緊貼上齒齦，讓氣流形成阻礙，接著舌尖自然下降，氣流衝出成音。[t] 是清輔音，發音時聲帶不振動。

　　而 [ʧ] 是在巴西才會有發這個音。當字母「t」在「i」的前面，例如：「tia」（阿姨），或是在詞尾「e」的前面，例如：「tomate」（番茄），會發這個音。

寫寫看！	印刷體		手寫體	
	T		⁊	
	t		*t*	

T t

有什麼？

+ a, e, i, o, u

發 [t] 音	發 [ʧ] 音
tabaco	**noite**
/ta.ˈba.ku/	/ˈnoj.ʧi/
菸草	晚間
tabu	**teatro**
/ta.ˈbu/	/ʧi.ˈa.tru/
禁忌	劇院
telefone	**tia**
/te.le.ˈfo.ni/	/ˈʧi.a/
電話	姨媽、阿姨
tópico	**tijolo**
/ˈtɔ.pi.ku/	/ʧi.ˈʒo.lu/
話題	磚頭
tumba	**tomate**
/ˈtũ.ba/	/to.ˈma.ʧi/
墳墓	番茄

説 説 看

Este tópico é importante.

/ˈes.ʧi. ˈtɔ.pi.ku ɛ ĩ.poɾ.tã.ʧi/

這個話題是很重要的。

◀ MP3-045

字母名稱：VE
發　　音：[v]

發音重點：

　　發音時，上齒輕觸下唇，讓對氣流形成一定的阻塞，接著突然張開嘴，讓氣流通過，摩擦成音。其發音與「f」相同，不同在於「v」是濁輔音，發音時聲帶要振動，而「f」是清輔音，發音時聲帶不振動。

寫寫看！	印刷體			手寫體	
	V			𝓋	
	V			𝓊	

V v
有什麼？

+ a, e, i, o, u

■ MP3-046

vaga	vento
/'va.ga/	/'vẽ.tu/
空缺	風

vidro	voz
/'vi.dru/	/'vɔs/
玻璃	聲音（人發出的）

vulto
/'vul.tu/
人物

 説説看

Há uma vaga de secretária na minha empresa.

/'ha 'u.ma 'va.ga 'dʒi se.kɾe.'ta.ri.a na 'mi.ɲa ẽ.'pre.za/

在我家公司有一個祕書的工作機會。

◀ MP3-047

字母名稱：DABLIU

發　　音：[u]，[v]

發音重點：

　　「w」有兩個發音，一是 [v] 的音，一是 [u] 的音，發 [v] 音的詞彙多半來自英語，對葡語而言，這些詞彙是外來語。

寫寫看！	印刷體		手寫體	
	W		*w*	
	W		*w*	

W w

+ a, e, i, o, u

有什麼？

◀ MP3-048

發 [u] 音

Whatsapp
/'uat.'zap/
WhatsApp

Website
/'uɛb.saj.ʧi/
網站

Wikipedia
/uj.ki.'pɛ.ʤi.a/
維基百科

workshops
/'uoɾ.ki.'sho.pis/
工作坊

Wulfen
/'ul.fẽ/
武爾芬（姓氏）

發 [v] 音

kilowatt
/'ki.lo.'va.ʧi/
千瓦

Werneck
/veɾ.'nɛ.ki/
韋內克（姓氏）

darwinismo
/daɾ.vi.'nis.mu/
達爾文主義

Wronski
/'vrõs.ki/
朗斯基（姓氏）

説 説 看

Você participa de workshops ?

/vo.'se paɾ.ʧi.'si.pa 'ʤi 'uoɾ.ki.'sho.pis/

你會參加工作坊嗎？

字母名稱：XIS

發　　音：[ʃ]，[s]，[z]，[ks]，[kz]

發音重點：

　　嚴格來說，字母「x」共有五種發音，並可能出現在詞首、詞中、或是詞尾。說明如下：

[ʃ]　　出現於詞首時，例如：「xadrez」（棋）。出現在詞中時，例如：「taxado」（徵稅）。

[s]　　出現於詞中時，例如：「auxílio」（援助）。

[z]　　當字母「x」出現於字母「e」之後，並且後面接上元音字母，同時也是一個詞的開頭時，例如：「exame」（考試）。

[ks]　出現於詞中、詞尾時，例如：「toxíco」（有毒的）、「táxi」（計程車）。

[kz]　出現於詞中時，例如：「hexágono」（六角形）。

印刷體		手寫體	
X		𝒳	
x		𝓍	

寫寫看！

輔元字母 18

MP3-049

X x

有什麼？

+ a, e, i, o, u

◀ MP3-050

發 [ʃ] 的音	發 [s] 的音	發 [z] 的音	發 [ks] 的音	發 [kz] 的音
Xará /ʃa.ˈra/ 同名	**auxílio** /aw.ˈsi.li.u/ 援助	**exame** /i.ˈza.mi/ 測驗	**anexo** /a.ˈnɛ.ksu/ 附檔	**hexâmetro** /e.ˈkza.me.tru/ 六音步詩
texto /ˈtes.tu/ 文本	**expresso** /is.ˈprɛ.su/ 快速列車	**exagero** /i.za.ˈʒe.ru/ 誇張	**complexo** /kõ.ˈple.ksu/ 複雜	**hexágono** /e.ˈkza.go.nu/ 六角形
baixo /ˈbaj.ʃu/ 矮	**explosão** /is.plo.ˈzãw/ 爆炸	**exato** /i.ˈza.tu/ 準確	**fax** /ˈfa.ks/ 傳真	
xodó /ʃo.ˈdɔ/ 喜歡的人	**máximo** /ˈma.si.mu/ 頂多	**exílio** /e.ˈzi.li.u/ 流亡	**fixo** /ˈfi.ksu/ 固定	
xucro /ˈʃu.kru/ 粗魯	**próximo** /ˈprɔ.si.mu/ 下一個	**exibir** /e.zi.ˈbir/ 表示	**táxi** /ˈta.ksi/ 計程車	

説 説 看

Deixe de ser xereta!

/ˈdej.ʃe ˈdʒi ˈser ʃe.ˈre.ta/

別當一個好奇的人！（別隨意去管別人的事）

◀MP3-051

字母名稱：IPSILON

發　　音：[i]

發音重點：

　　外來語詞彙若有發 [i] 音時，多用輔音字母「y」表示。例如：「boycott」（杯葛、抵制）。

寫寫看！	印刷體			手寫體	
	Y		$\mathcal{Y}$		
	y		ψ		

Y y

有什麼？

+ a, i, o

yakisoba
/'ia.ki.'so.ba/
炒麵（やきそば）

yakuza
/ia.'ku.za/
極道（ごくどう）

yin yang
/'ĩ 'iã/
陰陽

yogurt
/io.'guɾ.ʧĩ/
優酪乳

Youtuber
/iu.'tu.beɾ/
YouTube 頻道經營者

説説看

Que tal um yogurt natural ?
/'ki taw ũ io.'guɾ.ʧĩ na.tu.ɾaw/
喝個原味優酪乳？

Z z *Z* *z*

字母名稱：ZE

發　　音：[z]，[s]（葡萄牙的發音），[ʃ]（里約的發音）

發音重點：

　　除了在詞尾外，字母「z」都發 [z] 的音。注意！在葡萄牙，在詞尾的「z」多半要發 [s] 的音，在里約熱內盧（Rio de Janeiro）「z」發 [ʃ] 的音。

寫寫看！	印刷體		手寫體	
	Z		*Z*	
	z		*z*	

Z z

有什麼？

+ a, e, i, o, u

🔊 MP3-054

發 [z] 的音	發 [ʃ] 的音
zarolho	avestru**z**
/za.ˈɾo.ʎu/	/a.ves.ˈtɾus/
獨眼	鴕鳥
zero	capu**z**
/ˈzɛ.ɾu/	/ka.ˈpus/
零	兜帽
zíper	de**z**
/ˈzi.peɾ/	/ˈdɛs/
拉鍊	十
zoológico	cru**z**
/zõ.ˈlɔ.ʒi.ku/	/ˈkɾus/
動物園	十字架
zunido	lu**z**
/zu.ˈni.du/	/ˈlus/
嗡嗡聲	燈光

說說看

Agora vamos contar de **zero** a **dez**!

/a.ˈgɔ.ɾa vɑ.mus kõ.ˈtaɾ ʤi ˈzɛ.ru a dɛs/

接著讓我們從零數到十！

第二天

HOOLIGANISMO DO FUTEBOL BRASILEIRO（巴西足球球迷騷亂）

葡萄牙語「hooliganismo」一詞源自於愛爾蘭，意思為「流氓行為」，英文為「hooligan」，根據國際語音字母（IPA-International Phonetic Alphabet）的規則，發音為 [ˈhuː.lɪ.gən]。而葡萄牙語中的「vândalo」，指的是「破壞性」及「不守規矩的行為」。這種行為通常與體育迷有關，尤其是足球迷及大學體育迷。該詞彙也適用於在酒精或藥物影響下的一般行為及故意破壞行為。

「hooliganismo」（球迷騷亂）及「vândalo」（流氓）這兩個詞，起源於體育暴力相關事件，尤其是指從 1960 年代起，在英國足球賽中的球迷騷亂。儘管巴西沒有使用「hooliganismo」一詞，但足球迷協會之間的預謀混亂、打鬥，以及足球隊之間的打架亦是巴西足球的特徵。

上述情形多以針對支持競爭對手球隊的球迷為目標進行滋事，尤其當同一城市的球隊有賽事時，滋事情況就越加頻繁。舉例來說，通常一個城市會有多個球隊，以 A、B 兩個球隊為例，當兩個球隊進行賽事時，A 隊球迷便會以 B 隊球迷為目標做挑釁動作，特別當是州府首都的球隊進行比賽時，衝突就會更加嚴重。而衝突產生的原因，主要是階層之間的競爭越來越嚴重，甚至形成社區或群眾幫派，使得想純粹觀賞球賽者和球迷在觀賽時產生

恐懼。

　　舉例來說，2012 年在巴西福塔雷薩市（Fortaleza）發生了一起指標性的足球暴動案件。當時福塔雷薩體育俱樂部（Fortaleza Esporte Clube）與伊塔波利斯奧斯迪足球俱樂部（Oeste Futebol Clube de Itápolis）比賽，福塔雷薩的足球迷因自己支持的球隊在主場被淘汰而感到憤怒，所以在瓦加斯總統體育館（Presidente Vargas Stadium）內掀起了大肆破壞行為，導致場館中 300 多把椅子被損毀，有 80 多把被扔入足球場中，並造成多名球迷受傷，這場比賽損失金額超過 1,500 萬雷亞爾（巴西幣）。而這樣的行為，在葡萄牙語中就稱為「hooliganismo」，俗稱「vandalismo」。

參考資料：

https://brasilescola.uol.com.br/sociologia/hooligans.htm/11.02.2024

Memorando

Terceiro Dia
Conhecendo os Encontros Vocálicos do Português (1)

第三天
認識葡萄牙語的元音相遇（1）

在進入第 3 天之前，有一些葡萄牙語的發音概念必須先瞭解。目前已經知道，葡萄牙文採用的文字是羅馬字母，而且共有 26 個字母。接著也知道，葡萄牙文的名詞分為陰、陽性，例如：「carro」（汽車）是陽性，而「bola」（球）是陰性。至於詞彙則是由音節所組成，所以「carro」及「bola」的音節可分別標示為「ca.rro」和「bo.la」，也就是說，「carro」和「bola」各有 2 個音節。

有了這些概念後，接著要了解音節內的結構。葡萄牙語的音節可分為 3 種，分別是「二重元音」（ditongo）、「三重元音」（tritongo）以及「元音分立」（hiato），統稱為「元音相遇」。以上三者，皆含有「半元音」。

· 什麼是「半元音」？

「半元音」也可以說是半個母音，因為發其音時只能發一半的音。在葡萄牙語的 5 個母音（元音）中，「a、e、o」是強音，而「i、u」則是弱音。因此，可以以「i、u」的位置可決定音節的名稱，例如：「漸弱二重元音」或「漸強二重元音」。舉例來說，「pai」（父母）、「céu」（天空）的「i、u」在「a、e、o」的後面，發音是由強漸弱，所以是「漸弱二重元音」；而「quase」（幾乎）、「quotas」（配額）的「i、u」在「a、e、o」的前面，發音是由弱漸強，所以是「漸強二重元音」。

‧ 什麼是「二重元音」？

「二重元音」是由一個元音（強元音）和一個半元音（弱元音）所組成的，可分成「口二重元音」及「鼻二重元音」，又可再分成「漸弱二重元音」和「漸強二重元音」。發音時，構成二重元音的元音和半元音會接續發音，兩者之間沒有停頓。

‧ 什麼是「三重元音」？

「三重元音」由「半元音＋元音＋半元音」構成。它們同屬一個音節，不能被分開。通常含有三重元音的詞彙，基本上都是由字母先組合「gu」或「qu」再加上其他二重元音所構成。三重元音共有 2 種，分別是「口三重元音」及「鼻三重元音」。

Se você realmente quer, então você pode!

如果你真的想要，那你一定就可以！

· 什麼是「元音分立」？

　　當兩個元音字母相鄰，但又不屬於同一個音節時，就會形成元音立分。「元音分立」與「二重元音」的差別在於：「二重元音」是由一個元音和一個半元音所構成，它們同屬一個音節，不能被分開（請參考P131）；「元音分立」則是雖然字面上是由兩個元音組成，但實際上屬於不同的音節。例如：「saúde」（健康）中的「aú」看起來像是「二重元音」，但實際上發音應該是「sa.ú.de」，而「moeda」（貨幣）中的「oe」實際發音應該是「mo.e.da」，「piada」（笑話）中的「ia」實際發音應該是「pi.a.da」。

　　接下來一一說明葡萄牙文的「元音相遇」。分別是：

　　3.1 的「漸弱二重元音」（3.1.1 漸弱口二重元音、3.1.2 漸弱鼻二重元音），3.2 的「漸強二重元音」（3.2.1 漸強口二重元音、3.2.2 漸強鼻二重元音），3.3 的「三重元音」（3.3.1 口三重元音、3.3.2 鼻三重元音），以及 3.4 的「元音分立」。

3.1 漸弱二重元音

　　「漸弱二重元音」包含「漸弱口二重元音」、「漸弱鼻二重元音」，是由「半元音＋元音」構成。發音時，前重後輕，即在發音過程中，肌肉的緊張度及聲音響度都漸漸變弱，也就是前面的元音發得重而完整，後面的半元音則發得輕而短促。

3.1.1 漸弱口二重元音

　　「漸弱口二重元音」，是由「元音＋半元音」構成。例如：「pai」（父親）中的「a」是元音而「i」是半元音。「口」是指口腔，就是說「ai」是從口腔發音。

　　「漸弱口二重元音」共有 11 個，以下一一說明。

◀MP3-055

字母	ai	au	ei	eu	éi	éu	iu	oi	ói	ou	ui
發音	[aj]	[aw]	[ɑj]	[ew]	[ɛj]	[ɛw]	[iw]	[oj]	[ɔj]	[ou]	[uj]

ai

ai

發　　音：[aj]

發音重點：

　　發音時，先發開音 [a]，接著向半元音 [j] 滑動。[a] 音要發得重且完整，[j] 音則要發得輕且短促。

寫寫看！	印刷體		手寫體	
	ai		*ai*	
	ai		*ai*	

ai

有什麼？

pai	saia	sai
/'paj/	/'saj.a/	/'saj/
爸爸，父親	短裙	出去

mais
/'majs/
更多

說說看

Você quer mais café ?

/vo.'se 'kɛɾ 'majs ka.'fɛ/

你還想要喝咖啡嗎？（你要更多咖啡嗎？）

◀ MP3-057

字母	ai	au	ei	eu	éi	éu	iu	oi	ói	ou	ui
發音	[aj]	[aw]	[ɑj]	[ew]	[ɛj]	[ɛw]	[iw]	[oj]	[ɔj]	[ou]	[uj]

au   *au*

發　　音：[aw]

發音重點：

　　發音時，先發開音 [a]，接著向半元音 [w] 滑動。[a] 音要發得重且完整，[w] 音則要發得輕且短促。

寫寫看！	印刷體		手寫體	
	au		*au*	
	au		*au*	

au

有什麼?

aula
/'aw.la/
課程

pau
/'paw/
木棍

Paulo
/'paw.lo/
保羅（人名）

saudade
/saw.'da.ʤi/
想念

説説看

Eu tenho saudades sua.

/'ew 'te.ɲu saw.'da.ʤis 'swa/

我想念你（妳）。

字母	ai	au	ei	eu	éi	éu	iu	oi	ói	ou	ui
發音	[aj]	[aw]	[ɑj]	[ew]	[ɛj]	[ɛw]	[iw]	[oj]	[ɔj]	[ou]	[uj]

ei

ei

發　　音：[ɑj]

發音重點：

　　發音時，先發半閉音 [ɑ]，接著向半元音 [j] 滑動。[ɑ] 音要發得重且完整，[j] 音則要發得輕且短促。

寫寫看！	印刷體		手寫體	
	ei		*ei*	
	ei		*ei*	

ei

有什麼？

MP3-060

cadeira	feito	leito
/ka.'dɑj.ra/	/'fɑj.tu/	/'lɑj.tu/
椅子	製造	床

meia
/'mɑj.a/
襪子

説説看

Eu queria um par de meias.

/'ew ke.'ri.a ũ 'par ʤi 'mɑj.as/

我想買一雙襪子。

字母	ai	au	ei	eu	éi	éu	iu	oi	ói	ou	ui
發音	[aj]	[aw]	[ɑj]	[ew]	[ɛj]	[ɛw]	[iw]	[oj]	[ɔj]	[ou]	[uj]

eu

eu

發　　音：[ew]

發音重點：

　　發音時，先發半閉音 [e]，接著向半元音 [w] 滑動。一邊發音時，一邊嘴型要逐漸收圓。[e] 音要發得重且完整，[w] 音則要發得輕且短促。

寫寫看！	印刷體		手寫體	
	eu		*eu*	
	eu		*eu*	

eu

有什麼？

ateu	eu	museu
/a'tew/	/'ew/	/mu.'zew/
無神論者	我	博物館

neutro
/'new.tru/
中性

第三天

說說看

Eu estou aqui.

/'ew is.'tow a.'ki/

我在這裡。

◀MP3-063

字母	ai	au	ei	eu	éi	éu	iu	oi	ói	ou	ui
發音	[aj]	[aw]	[αj]	[ew]	[εj]	[εw]	[iw]	[oj]	[ɔj]	[ou]	[uj]

發音：[εj]

發音重點：

　　發音時，先發半開音 [ε]，接著向半元音 [j] 滑動。[ε] 音要發得重且完整，[j] 音則要發得輕且短促。

寫寫看！	印刷體		手寫體	
	éi		*éi*	
	éi		*éi*	

éi

有什麼？

MP3-064

anéis
/a.ˈnɛjs/
戒指

boleia
/bo.ˈlɛj.a/
搭便車

hotéis
/o.ˈtɛjs/
旅館

pincéis
/pĩ.ˈsɛjs/
毛筆

說說看

Como são bonitos esses anéis.

/ˈko.mu ˈsɐ̃w bu.ˈni.tus ˈe.sis a.ˈnɛjs/

這些戒指還滿好看的。

◀MP3-065

字母	ai	au	ei	eu	éi	éu	iu	oi	ói	ou	ui
發音	[aj]	[aw]	[ɑj]	[ew]	[ɛj]	[ɛw]	[iw]	[oj]	[ɔj]	[ou]	[uj]

發　　音：[ɛw]

發音重點：

　　發音時，先發半開音 [ɛ]，接著向半元音 [w] 滑動。[ɛ] 音要發得重且完整，[w] 音則要發得輕且短促。

寫寫看！	印刷體		手寫體	
	éu		*éu*	
	éu		*éu*	

éu

有什麼？

beleléu

/be.le.ˈlɛw/

死亡（俗語）

céu

/ˈsɛw/

天空

chapéu

/ʃa.ˈpɛw/

帽子

véu

/ˈvɛw/

面紗

説 説 看

Fulano foi para o beleléu.

/fu.ˈlə.nu ˈfoj ˈpa.ɾa o be.le.ˈlɛw//

某人去世了。

◀MP3-067

字母	ai	au	ei	eu	éi	éu	iu	oi	ói	ou	ui
發音	[aj]	[aw]	[ɑj]	[ew]	[ɛj]	[ɛw]	[iw]	[oj]	[ɔj]	[ou]	[uj]

iu

iu

發　　音：[iw]

發音重點：

　　發音時，先發閉音 [i]，接著向半元音 [w] 滑動。[i] 音要發得重且完整，[w] 音則要發得輕且短促。

	印刷體		手寫體	
iu			*iu*	
iu			*iu*	

寫寫看！

iu

有什麼？

abr**iu**	ca**iu**	sa**iu**
/aˈb.ɾiw/	/ka.ˈiw/	/sa.ˈiw/
打開了	掉下來了	出來了

fug**iu**
/fu.ˈʒiw/
跑掉了

第三天

説説看

Ele não sabe nada, fug*iu* da escola.

/ˈe.li ˈnɐ̃w ˈsa.bi ˈna.da fu.ˈʒiw da is.ˈko.la/

他什麼都不知道，他逃學了。

字母	ai	au	ei	eu	éi	éu	iu	oi	ói	ou	ui
發音	[aj]	[aw]	[ɑj]	[ew]	[ɛj]	[ɛw]	[iw]	[oj]	[ɔj]	[ou]	[uj]

發　　音：[oj]

發音重點：

　　發音時，先發半閉音 [o]，接著向半元音 [j] 滑動。[o] 音要發得重且完整，[j] 音則要發得輕且短促。

寫寫看！	印刷體		手寫體	
	oi		*oi*	
	oi		*oi*	

oi

有什麼？

boi	noite	noivo
/'boj/	/'noj.'tʃĩ/	/'noj.vu/
公牛	晚上	新郎

oito
/'oj.tu/
八

説説看

Esse cara, se não é oito é oitenta.

/'e.si 'ka.ɾa 'se 'nɐ̃w 'ɛ 'oj.tu 'ɛ oj.'tẽ.ta/

這個傢伙不是全有，就是全無。（形容人沒有平衡的觀點）

◀ MP3-071

字母	ai	au	ei	eu	éi	éu	iu	oi	ói	ou	ui
發音	[aj]	[aw]	[ɑj]	[ew]	[ɛj]	[ɛw]	[iw]	[oj]	[ɔj]	[ou]	[uj]

發音：[ɔj]

發音重點：

發音時，先發半開音 [ɔ]，接著向半元音 [j] 滑動。[ɔ] 音發得要重且完整，[j] 音則要發得輕且短促。

寫寫看！	印刷體		手寫體	
	ói		*ói*	
	ói		*ói*	

ói

有什麼？

cachecóis
/ka.ʃe.ˈkɔjs/
圍巾

dói
/ˈdɔj/
疼痛

herói
/øeˈʁɔj/
英雄

lençóis
/lẽ.ˈsɔjs/
床單

説 説 看

Pinguins não usam cachecóis. Não precisam.

/pĩ.ˈgũjs ˈnɐ̃w u.zɐ̃ ˈka.ʃe.ˈkɔjs ˈnɐ̃w pɾi.ˈsi.zɐ̃/

企鵝不戴圍巾。牠們不需要。

字母	ai	au	ei	eu	éi	éu	iu	oi	ói	ou	ui
發音	[aj]	[aw]	[αj]	[ew]	[εj]	[εw]	[iw]	[oj]	[ɔj]	[ou]	[uj]

ou

ou

發　　音：[ou]

發音重點：

　　當元音字母「o」和「u」同處在一個音節時，雖然仍算是二重元音，不過發音時會發成 [o] 的半閉音。要注意的是，「ou」的實際發音雖然是半閉音的 [o]，但音標仍是以 [ou] 呈現。

印刷體		手寫體	
ou		*ou*	
ou		*ou*	

ou

有什麼？

mouro	**noutro**
/'mou.ru/	/'nou.tru/
摩爾人（泛指伊比利半島上的穆斯林）	在另一個（地方）
outro	**ouvinte**
/'ou.tru/	/ou.'vĩ.ʃi/
其他	聽眾

説 説 看

Este não serve, pegue outro.

/'es.ʃi 'nãw 'sɛɾ.vi 'pɛ.gui 'ou.tru/

這個不適合，換另一個。

◀ MP3-075

字母	ai	au	ei	eu	éi	éu	iu	oi	ói	ou	ui
發音	[aj]	[aw]	[ɑj]	[ew]	[ɛj]	[ɛw]	[iw]	[oj]	[ɔj]	[ou]	[uj]

發　　音：[uj]

發音重點：

　　發音時，先發閉音的 [u]，接著向半元音 [j] 滑動。[u] 音要發得重且完整，[j] 音則要發得輕且短促

寫寫看！	印刷體		手寫體	
	ui		*ui*	
	ui		*ui*	

110

ui

有什麼？

intuito
/ĩ.ˈtuj.tu/
目的

fortuito
/foɾ.ˈtuj.tu/
偶然

muito
/ˈmuj.tu/
很多

poluição
/po.luj.sɐ̃w/
污染

說說看

Bill Gates tem muito dinheiro.

/ˈbiw. ˈguej.tis ˈtẽ ˈmuj.tu ʤi.ˈɲej.ru/

比爾蓋茲有很多錢。

第三天

3.1.2 漸弱鼻二重元音

　　「漸弱鼻二重元音」，是由「元音＋半元音」構成。例如：「mãe」（母親）中的「ã」是元音，而「e」是半元音。「鼻」是指鼻腔，就是說「ãe」多半是從鼻腔發音。

　　「漸弱鼻二重元音」共有 7 個，以下一一說明。

漸弱鼻二重元音 1、2

◀MP3-077

字母	ão，am （處於詞尾時）	ãe，ãi，em （處於詞尾時）	õe	ui （極少數情況下）
發音	[ɑ̃w]	[ɑ̃j]	[õj]	[ũj]

ão am *ão am*

發　　音：[ɑ̃w]

發音重點：

　　發音時，由閉音的 [ɑ̃] 向半元音 [w] 滑動，同時嘴唇逐漸收圓，軟顎下垂，使部分氣流從鼻腔通過，造成鼻腔共鳴成音。字母組合為「ão」及處於詞尾的「am」兩者皆發 [ɑ̃w] 音。

印刷體			手寫體	
ão			*ão*	
am			*am*	

ão，am

有什麼？

◀ MP3-078

cidadão
/si.da.ˈdɐ̃w/
公民

melão
/me.ˈlɐ̃w/
甜瓜

cantam
/ˈkɐ̃.tɐ̃w/
他們唱歌

gritam
/ˈgɾi.tɐ̃w/
他們喊叫

説説看

Eles cantam felizes.
/ˈe.lis ˈkɐ̃.tɐ̃w fe.ˈli.zis/
他們快樂地唱歌。

Eu adoro melão.
/ew a.ˈdɔ.ru me.lɐ̃w/
我非常喜歡甜瓜。

字母	ão，am（處於詞尾時）	ãe，ãi，em（處於詞尾時）	õe	ui（極少數情況下）
發音	[ɑ̃w]	[ɑ̃j]	[õj]	[ũj]

ãe ãi em *ãe ãi em*

發　　音：[ɑ̃j]

發音重點：

　　發音時，由半閉音的 [ɑ̃] 向半元音 [j] 滑動，同時軟顎下垂，使部分氣流從鼻腔通過，造成鼻腔共鳴成音。字母組合為「ãe」、「ãi」及處於詞尾的「em」三者皆發 [ɑ̃j] 音。

寫寫看！

	印刷體	手寫體
ãe		*ãe*
ãi		*ãi*
em		*em*

mãe	cãibra	bem
/ˈmɐ̃j/	/ˈkɐ̃j.bɾa/	/ˈbɐ̃j/
母親	抽筋	好

também
/tɐ̃.bɐ̃j/
也

 説 説 看

Feliz dia das mães !

/fe.ˈlis ˈʤi.a ˈdas ˈmɐ̃js/

母親節快樂！

Você está bem ?

/vo.ˈse is.ˈta bɐ̃j /

你還好吧？

Eu tenho cãibra no pé.

/ˈew ˈte.ɲu. kɐ̃j.bɾa ˈnu ˈpɛ/

我腳抽筋了。

Eu estou bem também.

/ˈew ˈis.tou ˈbẽ tɐ̃.bɐ̃j/

我也很好。

漸弱鼻二重元音 6

字母	ão，am（處於詞尾時）	ãe，ãi，em（處於詞尾時）	õe	ui（極少數情況下）
發音	[ɑ̃w]	[ɑ̃j]	[õj]	[ũj]

發　　音：[õj]

發音重點：

　　發音時，由半閉音的 [õ]，向半元音 [j] 滑動，同時軟顎下垂，使部分氣流從鼻腔通過，引起鼻腔共鳴成音。

	印刷體		手寫體	
õe			*õe*	
õe			*õe*	

寫寫看！

õe

有什麼？

◀MP3-082

balões

/ba.ˈlõjs/

氣球

dispõe

/ʤis.ˈpõj/

具有

figurões

/fi.gu.ˈrõjs/

大人物

põe

/ˈpõj/

放置

説 説 看

No céu há muitos balões.

/ˈnu ˈsɛw ˈøa ˈmũj.tus ba.ˈlõjs/

天上有很多氣球。

◀ MP3-083

字母	ão，am （處於詞尾時）	ãe，ãi，em （處於詞尾時）	õe	ui （極少數情況下）
發音	[ɑ̃w]	[ɑ̃j]	[õj]	[ũj]

發　　音：[ũj]

發音重點：

　　發音時，由閉音的 [ũ] 向半元音 [j] 滑動，同時軟顎下垂，使部分氣流從鼻腔通過，引起鼻腔共鳴成音。

寫寫看！	印刷體		手寫體	
	ui		*ui*	
	ui		*ui*	

ui

有什麼？

MP3-084

muitos

/ˈmũj.tus/

許多

 説 説 看

Eles tem muitos amigos.

/ˈe.lis ˈɐ̃j ˈmũj.tus a.ˈmi.gus/

他們有很多朋友。

3.2 漸強二重元音

　　「漸強二重元音」包含「漸強口二重元音」以及「漸強鼻二重元音」，都是由「半元音＋元音」構成的。發音時，前輕後重，即在發音過程中，肌肉的緊張度及聲音響度都要漸漸增強，也就是前面的半元音發得輕而短促，後面的元音則發得重而完整。

3.2.1 漸強口二重元音

　　「漸強口二重元音」是由「半元音＋元音」構成。主要出現在字母「g」或「q」後面，由字母「u」充當半元音，再與元音結合，構成二重元音。「漸強口二重元音」有以下 4 個。

漸強口二重元音 1、2

字母	ua	ue	ui	uo
發音	[wa]	[we]	[wi]	[wo]

◀MP3-085

ua ue *ua* *ue*

發　　音 [wa]；[we]

發音重點：

　　發「ua」、「ue」的音時，半元音「u」發音時較輕，而元音「a」、「e」發音時較重。

印刷體		手寫體	
ua		*ua*	
ue		*ue*	

寫寫看！

ua、ue

有什麼？

◀ MP3-086

quase	igual
/ˈkwa.si/	/i.ˈgwaw/
差一點	同樣的

equestre (eqüestre)	linguete
/e.ˈkwes.tɾi/	/lĩ.gwe.ʧi/
馬術	簧片

説 説 看

Ela quase chegou atrasada ao trabalho.

/ˈɛ.la ˈkwa.si ˈʃe.gou a.tɾa.ˈza.da ˈaw tɾa.ˈba.ʎu/

去上班時，她差一點遲到了。

◀ MP3-087

字母	ua	ue	ui	uo
發音	[wa]	[we]	[wi]	[wo]

ui uo *ui uo*

發　　音：[wi]；[wo]

發音重點：

　　發「ui」、「uo」的音時，半元音「u」發音時較輕，而元音「i」、「o」發音時較重。

寫寫看！	印刷體		手寫體	
	ui		*ui*	
	uo		*uo*	

ui，uo
有什麼？

◀MP3-088

tranquilo (tranqüilo)

/trã.ˈkwi.lo/

安靜的

equidistante (eqüidistante)

/e.kwi.ʤis.ˈtã.tʃi/

等距離

quota

/ˈkwo.ta/

部分

alíquota

/a.ˈli.kwo.ta/

等分（aliquot）

第三天

説 説 看

Neste cargo há quotas para mulheres.

/ˈnes.tʃi ˈkaɾ.gu ˈøa ˈkwo.tas ˈpa.ra mu.ˈλɛs/

這個職位有女性配額。

123

3.2.2 漸強鼻二重元音

　　「漸強鼻二重元音」是由「半元音＋元音」構成的。例如：「quando」
（何時）的「u」是半元音，而「an」是鼻元音（完整音），當兩者結合
為「uan」時就是「漸強鼻音」，也就是從半元音到完整音。

　　「漸強鼻二重元音」有以下 2 個。

> **漸強鼻二重元音 1、2**

◀MP3-089

字母	uan	uin
發音	[wɑ̃]	[wĩ]

uan uin *uan uin*

發　　音　[wɑ̃]；[wĩ]

發音重點：

　　發「uan」、「uin」的音時，半元音「u」發音時較輕，而元音「an」、
「in」發音時較重。「u」發音時，只發一半的音，「an」、「in」發音時，
音是完整的。

印刷體			手寫體	
uan			*uan*	
uin			*uin*	

uan，uin
有什麼？

◀ MP3-090

quando
/ˈkwã.du/
……的時候

quanto
/ˈkwã.tu/
多少

quinquenal (qüinqüenal)
/ˈkwĩ.ˈkew.naw/
五年的

說 說 看

Quanto custa isto？

/ˈkwã.tu ˈkus.ta ˈis.tu/

這個多少錢？

3.3 三重元音

　　「三重元音」有 2 種，分別是「口三重元音」以及「鼻三重元音」，皆由「半元音＋元音＋半元音」構成，它們同屬一個音節，不能被分開。通常含有三重元音的詞彙，基本上都是由字母先組合「gu」或「qu」再加上其他的二重元音所構成。

3.3.1 口三重元音

　　「口三重元音」以「Uruguai」（烏拉圭）為例，「u」、「i」是半元音，而「a」是口元音（完整音），當三者結合為「uai」時，核心「a」念起來是較重的。

口三重元音 1、2、3

字母	uai	uei	uiu
發音	[waj]	[wɑj]	[wiw]

◀ MP3-091

uai | uei | uiu

uai | *uei* | *uiu*

發　　音　[wai]；[wɑj]；[wiw]

發音重點：

　　發「uai」、「uei」、「uiu」的音時，半元音「u」、「i」（第 1 和第 3 元音字母）發音較輕，而元音「a」、「e」、「i」（中間的元音字母）發音較重「u」、「i」發音時，只發一半的音，「a」、「e」、「i」發音時，音是完整的。

印刷體	手寫體
uai	*uai*
uei	*uei*
uiu	*uiu*

寫寫看！

uai，uei，uiu
有什麼？

◀ MP3-092

quais	Uruguai
/ˈkwais/	/u.ru.ˈgwai/
有哪一些呢？	烏拉圭
averiguei	delinquiu
/a.ve.ɾi.ˈgwɑj/	/de.lĩ.ˈkwiw/
我調查了	犯罪了

説 説 看

Quais são seus planos para o futuro ?

/ˈkwais ˈsɐ̃w ˈse.us ˈplɑ.nus ˈpa.ɾa u fu.ˈtu.ru./

你對未來的計劃是什麼？

3.3.2 鼻三重元音

　　「鼻三重元音」，以「averiguem」（查出）為例，「u」是半元音，「e」是鼻元音，而「m」實際上是個被元音化的輔音，所以發音時會帶有「i」的音，因此被視為半元音。

　　「鼻三重元音」有以下 3 個。

鼻三重元音 1、2、3

◀MP3-093

字母	uão	uem	uõe
發音	[wãw]	[wɑj]	[wõj]

uão uem uõe

uão　　　*uem*　　　*uõe*

發　　音　[wãw]；[wɑj]；[wõj]

發音重點：

　　發「uão」、「uem」、「uõe」的音時，音節中的核心鼻音字母「ã」、「e(ẽ)」、「õ」發的音較重，前後的元音字母發音較輕。

	印刷體	手寫體
寫寫看！	**uão**	*uão*
	uem	*uem*
	uõe	*uõe*

uão、uem、uõe

有什麼？

◀MP3-094

saguão	adequem	saguões
/sa.ˈgwãw/	/a.ˈdɛ.kwɑj/	/sa.ˈgwõjs/
大堂、大廳	使符合吧！	大堂（複數）

説説看

Eles estão no saguão do prédio ao lado.

/ˈe.lis ˈstãw nu sa.ˈgwãw du ˈprɛ.ʤi.o ˈaw ˈla.du/

他們在隔壁大樓的大廳裡。

3.4 元音分立

　　兩個元音字母相鄰，但是又不屬於同一個音節時，才有形成「元音分立」的可能。因此，當兩個元音字母相鄰，但又不屬於同一個音節時，就會形成元音立分。「元音分立」與「二重元音」的差別在於：「二重元音」是由一個元音和一個半元音所構成，它們同屬一個音節，不能被分開（請參考 P086）；「元音分立」則是雖然字面上是由兩個元音組成，但實際上屬於不同的音節。例如：「saúde」（健康）中的「aú」看起來像是「二重元音」，但實際上發音應該是「sa-ú-de」，而「moeda」（貨幣）中的「oe」實際發音應該是「mo-e-da」，「piada」（笑話）中的「ia」實際發音應該是「pi-a-da」。

先瞭解「元音分立」和「二重元音」的差異：

元音分立	二重元音
secretaria (se-cre-ta-ri-a) 五個音節	secretária (se-cre-tá-ria) 四個音節
saúde (sa-ú-de) 三個音節	sauna (sau-na) 兩個音節

「元音分立」可分為五組：

1. ae，ea，ee，eo，oa，oe，oo

2. ia，ie，io

3. ua，ue，uo，uin

4. aí，aú，eú

5. aul，air，uiz，uim，oim，aim

分組一一說明如下。

Onde há vontade, há um caminho!

有志者，事竟成！

元音分立 1

相鄰	ae	ea	ee	eo	oa	oe	oo
分立	a e	e a	e e	e o	o a	o e	o o

發　　音：相鄰的元音字母必須分開發音。

發音重點：

當元音字母「a」、「e」、「o」相鄰，或其中的一個字母重覆出現在同一個詞彙裡時，前後必然形成元音分立。

寫寫看！

印刷體		手寫體	
ae		*ae*	
ea		*ea*	
ee		*ee*	
eo		*eo*	
oa		*oa*	
oe		*oe*	
oo		*oo*	

132

ae、ea、ee、eo、oa、oe、oo
有什麼？

ae：aeronave (a-e-ro-na-ve)

/a.e.ro.ˈna.vi/

飛機

ea：Lea (Le-a)

/ˈle.a/

莉亞（人名）

ee：reeleger (re-e-le-ger)

/re.e.le.ˈger/

重選

eo：óleo (o-le-o)

/ˈo.li.u/

油

oa：boa (bo-a)

/ˈbo.a/

好

oe：coelho (co-e-lho)

/ko.ˈe.ʎu/

兔子

oo：cooperar (co-o-pe-rar)

/ko.o.pe.ˈrar/

合作

oo：voo (vo-o)

/ˈvo.o/

班機

說說看

A que horas parte o teu voo ?

/ˈa ˈki øo.ˈras ˈpaɾ.ʧi o ˈte.u ˈvo.o/

您的班機什麼時候起飛？

元音分立 2

◀ MP3-097

口音

相鄰	ia	ie	io
分立	i a	i e	i o

鼻音

相鄰	iam/n	iem/n	iom/n
分立	i am/n	i em/n	i om/n

發　　音：相鄰的元音字母必須分開發音。

發音重點：

　　當元音字母「i」出現於元音字母「a」、「e」、「o」及鼻音「am/n」、「em/n」、「om/n」之前時，前後必然形成元音分立。

寫寫看！

	印刷體	手寫體
	ia	*ia*
	ie	*ie*
	io	*io*
	iam/n	*iam/n*
	iem/n	*iem/m*
	iom/n	*iom/n*

ia、ie、io、iam/n、iem/n、iom/n

有什麼?

ia：tia (ti-a)

/ˈʧi.a/

阿姨

ian：Bianca (Bi-an-ca)

/bi.ˈã.ka/

比安卡（人名）

ie：copie (co-pi-e)

/ko.ˈpi.e/

請複製

ien：cliente (cli-en-te)

/kli.ˈẽ.ʧi/

客人（戶）

io：tio (ti-o)

/ˈʧi.o/

叔叔

iom：biombo (bi-om-bo)

/bi.ˈõ.bu/

螢幕

說說看

O cliente devolveu a mercadoria?

/ˈu kli.ˈẽ.ʧi de.vol.ˈve.u a mer.ka.do.ˈri.a/

客人退貨了嗎?

◀MP3-099

口音

相鄰	ua	ue	uo
分立	u a	u e	u o

鼻音

相鄰	uan	uem/n	uin
分立	u an	u em/n	u in

發　　音：相鄰的元音字母必須分開發音。

發音重點：

　　當元音字母「u」出現於元音字母「a」、「e」、「o」及鼻音「an」、「en」、「in」之前時，前後必然形成元音分立。

寫寫看！

印刷體	手寫體
ua	*ua*
ue	*ue*
uo	*uo*
uan	*uan*
uem/n	*uem/m*
uin	*uin*

ua、ue、uo、uan、uem/n、uin

有什麼？

MP3-100

ua：tua (tu-a)
/ˈtu.a/
你的

uan：Luanda (Lu-an-da)
/lu.ˈɑ̃.da/
盧安達（都市名）

ue：sueco (su-e-co)
/su.ˈɛ.ku/
瑞典人

uem/n：fluente (flu-en-te)
/flu.ˈẽ.ʧi/
流利

uo：mútuo (mu-tu-o)
/ˈmu.tu.u/
相互的

uin：contribuinte (con-tri-bu-in-te)
/kõ.tri.bu.ˈĩ.ʧi/
納稅人

說說看

Luanda é a capital de Angola.

/lu.ˈɑ̃.da. ɛ a ka.pi.ˈtaw ˈde ɑ̃.ˈgo.la/

盧安達是安哥拉的首都。

◀ MP3-101

相鄰	aí	aú	eú
分立	aí	aú	eú

發　　音：相鄰的元音字母必須分開發音。

發音重點：

　　當在其他元音字母後面的「i」、「u」上面出現開音重音符號「´」時，也就是「í」或「ú」時，表明它們已經不再與前面的元音構成二重元音，而是與它們形成了元音分立。

	印刷體		手寫體	
寫寫看！	**aí**		*aí*	
	aú		*aú*	
	eú		*eú*	

aí：aí (a-i)

/a.ˈi/

那裡

aú：Araújo (a-ra-ú-jo)

/a.ra.ˈw.ʒo/

阿勞霍（人名）

aí：país (pa-is)

/pa.ˈis/

國家

eú：peúga (pe-u-ga)

/pe.ˈu.ga/

襪子

說 說 看

De que país você é ?

/ʤi ˈki pa.ˈis vo.ˈse ɛ/

你來自哪個國家？

第三天

元音分立 5

◀ MP3-103

相鄰	aul	air	uiz	uim	oim	aim
分立	a ul	a ir	u iz	u im	o im	a im

發　　音：相鄰的元音字母必須分開發音，且三個字母分為兩組。

發音重點：

　　當在其他元音字母後面的「i」、「u」出現在輔音字母「m」及字母組合「nh」之前，或者出現在處於詞尾的「l」、「r」、「z」等輔音字母之前時，「i」、「u」自然與前面的元音字母形成元音分立。

寫寫看！

印刷體	手寫體
aul	*aul*
air	*air*
uiz	*uiz*
uim	*uim*
oim	*oim*
aim	*aim*

aul，air，uiz，uim，oim，aim

有什麼？

aul：Raul (Ra-ul)

/ra.ˈwl/

勞爾（人名）

air：sair (sa-ir)

/sa.ˈiɾ/

出去

uiz：juiz (ju-iz)

/ʒw.ˈiz/

法官

uim：ruim (ru-im)

/rw.ˈĩ/

壞的

oim：Coimbra (Co-im-bra)

/ko.ˈĩ.bra/

科英布拉（城市名）

aim：caimbra (ca-im-bra)

/kɑ.ˈĩ.bra/

抽筋

説説看

Ih! deu ruim para eles.

/i ˈdew rw.ˈĩ ˈpa.ɾa ˈe.lis/

糟了！他們完蛋了。

CUSTAR O OLHO DA CARA
（付出臉上雙眼的代價）

「CUSTAR OS OLHOS DA CARA」是當自己或是朋友購買了相當高價的產品、花了很多錢時，自然而然會脫口而出的片語，意思是「付出臉上雙眼的代價」，而這個片語是如何產生的呢？根據資料顯示有四種說法，筆者選出了個人覺得比較完整且有歷史背景支持的說法：

據說，西班牙征服者「迪亞哥・德・阿馬格羅」（Diego de Almagro：1479～1538）是征服美洲的「弗朗西斯科・皮薩羅・岡薩雷斯」（Francisco Pizarro González：1476～1541）將軍的夥伴，有天他聽到了一個傳說，內容是在新世界那裡的人們吃喝的器皿都是用金子打造而成的。因此，興致勃勃的他們在 1524 年隨著部隊航行，朝著未知的土地前進。第一次探險時，他們僅到達厄瓜多（Ecuador），但在第二次嘗試時，他們找到了印加帝國存在的確切證據。

1526 年，他們乘坐了兩條小船離開巴拿馬（Panamá），抵達現今哥倫比亞（Colombia）的海岸。那時，他們與印加族人的財富有了第一次接觸，他們遇到了載著許多印加勇士的木筏，而那些印加族人也向他們透露了許多財富的存在。

這樣的消息傳到了西班牙國王們的耳中，他們為了拯救國家的經濟，在自己的殖民地積極尋找著黃金和白銀。探險者們被允許征服秘魯（Perú），也因為如此，阿馬格羅付出了相當昂貴的代價。當他試圖入侵印加堡壘時，不慎失去了一隻眼睛。之後，他向西班牙皇帝卡洛斯一世（Carlos I：1500～1558）說道：「捍衛西班牙王室的利益，使我付出了臉上一隻眼睛的代價」。

　　後來，這位征服者繼續將他的壯舉，及其所付出的代價傳播給任何願意聽的人，於是這句話就這樣傳到了士兵的耳中，再傳給了人民，最後便成為了「付出很高的代價」的表達方式了。

參考資料：https://aventurasnahistoria.uol.com.br/noticias/reportagem/historia-qual-origem-da-expressao-custar-os-olhos-da-cara.phtml/12.02.2024

Memorando

Quarto Dia
Conhecendo os Encontros Consonantais do Português (1)

第四天
認識葡萄牙語的輔音連綴（1）

BL、BR、CL、CR、DR、FL、FR、
GL、GR、PL、PR、
TL、TR、VL、VR

　　首先，「輔音連綴」指的是「2 個輔音連接在一起且連續發音」的音。換句話說，輔音連綴是一個單詞中有 2 個或多個輔音連接在一起發出的音。由於葡萄牙語的輔音連綴無法成為音節，因此後面發必須加上母音才能夠發出音。

l	BL	bl	CL	cl			FL	fl	GL	gl	PL	pl	TL	tl	VL	vl
r	BR	br	CR	cr	DR	dr	FR	fr	GR	gr	PR	pr	TR	tr	VR	vr

BL bl *BL* *bl*

字母名稱：BE ELE

發　　音：[bla]，[ble]，[bli]，[blo]，[blu]

發音重點：

　　發 [bl] 音時，2 個音素要連續發出，中間不能停頓，亦不能加入其他音素。

寫寫看！

印刷體		手寫體	
BL		*BL*	
bl		*bl*	

BL bl

有什麼？

+ a, e, i, o, u

🔊MP3-106

bla**sfêmia**	ble**fe**
/blas.ˈfe.mi.a/	/ˈble.fi/
褻瀆神明	虛張聲勢
bí**blia**	blo**co**
/ˈbi.bli.a/	/ˈblɔ.ku/
聖經	硬塊
blu**sa**	
/ˈblw.za/	
短袖襯衫、短上衣	

説 説 看

Você tem uma bíblia em casa ?

/vo.ˈse tẽ ˈu.ma ˈbi.bli.a ẽ ˈka.za/

你家裡有一本聖經嗎？

第四天

◀MP3-107

l	BL	bl	CL	cl			FL	fl	GL	gl	PL	pl	TL	tl	VL	vl
r	BR	br	CR	cr	DR	dr	FR	fr	GR	gr	PR	pr	TR	tr	VR	vr

BR br *BR* *br*

字母名稱：BE ERRE

發　　音：[bra]，[bre]，[bri]，[bro]，[bru]

發音重點：

　　發 [br] 音時，2 個音素要連續發出，中間不能停頓，亦不能加入其他音素。

	印刷體		手寫體	
寫寫看！	**BR**		*BR*	
	br		*br*	

BR br

有什麼？

+ a, e, i, o, u

◀ MP3-108

Brasil
/bra'ziw/
巴西

breve
/'brɛ.vi/
短暫

briga
/'bri.ga/
爭吵

bronze
/'brõ.zi/
青銅

bruma
/'bru.ma/
海霧（海上的霧氣）

第四天

 說 說 看

Onde fica o Brasil ?

/'on.dʒi 'fi.ka u 'bra.ziw/

巴西位於什麼地方？（巴西在哪裡？）

MP3-109

l	BL	bl	CL	cl			FL	fl	GL	gl	PL	pl	TL	tl	VL	vl
r	BR	br	CR	cr	DR	dr	FR	fr	GR	gr	PR	pr	TR	tr	VR	vr

CL cl *CL cl*

字母名稱：CE ELE

發　　音：[kla]，[kle]，[kli]，[klo]，[klu]

發音重點：

　　發 [kl] 音時，2 個音素要連續發出，中間不能停頓，亦不能加入其他音素。

	印刷體		手寫體	
寫寫看！	**CL**		*CL*	
	cl		*cl*	

CL cl

有什麼？

+ a, e, i, o, u

clave	**Cleyton**
/'kla.vi/	/'klej.tõ/
棍子	克萊頓（人名）
clínica	**clone**
/'kli.nika/	/'klo.ni/
診所	克隆（複製物）
clube	
/'klu.bi/	
俱樂部	

第四天

說說看

Quando você vai nadar no clube ?

/kwã.du vo.'se 'vai na.'dar' nu klu.'bi/

你什麼時候會在俱樂部游泳？

■MP3-111

l	BL	bl	CL	cl			FL	fl	GL	gl	PL	pl	TL	tl	VL	vl
r	BR	br	CR	cr	DR	dr	FR	fr	GR	gr	PR	pr	TR	tr	VR	vr

CR cr *CR* *cr*

字母名稱：CE ERRE

發　　音：[kra]，[kre]，[kri]，[kro]，[kru]

發音重點

　　發 [kr] 音時，2 個音素要連續發出，中間不能停頓，亦不能加入其他音素。

寫寫看！

印刷體		手寫體	
CR		*CR*	
cr		*cr*	

CR cr

有什麼？

+ a, e, i, o, u

◀MP3-112

craque
/ˈkra.ki/
傑出球員

crédito
/ˈkrɛ.dʒi.tu/
信用

crise
/ˈkri.zi/
危機

crosta
/ˈkrɔs.ta/
外皮

cruz
/ˈkruz/
十字架

說 說 看

Cada um tem que carregar sua cruz.

/ˈka.da ũ tẽ ke ki.re.ˈgaɾ ˈsw.a ˈkruz/

每個人都必須背自己的十字架。

第四天

l	BL	bl	CL	cl			FL	fl	GL	gl	PL	pl	TL	tl	VL	vl
r	BR	br	CR	cr	DR	dr	FR	fr	GR	gr	PR	pr	TR	tr	VR	vr

DR dr *DR* *dr*

字母名稱：DE ERRE

發　　音：[dra]，[dre]，[dri]，[dro]，[dru]

發音重點：

　　發 [dr] 音時，2 個音素要連續發出，中間不能停頓，亦不能加入其他音素。

	印刷體		手寫體
寫寫看！	**DR**		*DR*
	dr		*dr*

DR dr
有什麼？

+ a, e, i, o, u

drama	madre	drible
/'drã.ma/	/'ma.dri/	/'dri.bli/
悲劇	修女	運球

droga	drupa
/'drɔ.ga/	/'dru.pa/
毒品	果核

 説 説 看

O problema devido as drogas é mundial.

/u pro.'ble.ma de.'vi.du as 'drɔ.gas 'ɛ mũ.dʒi.'aw/

毒品的問題是全球性的。

◀ MP3-115

l	BL	bl	CL	cl			FL	fl	GL	gl	PL	pl	TL	tl	VL	vl
r	BR	br	CR	cr	DR	dr	FR	fr	GR	gr	PR	pr	TR	tr	VR	vr

FL fl *FL* *fl*

字母名稱：EFE ELE

發　　音：[fla]，[fle]，[fli]，[flo]，[flu]

發音重點：

發 [fl] 音時，2 個音素要連續發出，中間不能停頓，亦不能加入其他音素。

寫寫看！	印刷體		手寫體	
	FL		*FL*	
	fl		*fl*	

FL fl
有什麼？
+ a, e, i, o, u

🔊MP3-116

flâmula
/ˈflɑ.mu.la/
三角旗

flerte
/ˈfleɾ.ʧi/
調情

aflito
/ˈa.fli.tu/
著急

flôr
/ˈflor/
花

fluxo
/ˈflu.ksu/
流動

説 説 看

O fluxo de carros no trânsito hoje é normal.

/ˈu ˈflu.ksu ˈʤi ˈka.rus ˈnu ˈtrã.zi.tu ˈo.ʒi ɛ noɾ.ˈmaw/

今天在交通上，車子的流量是正常的。

第四天

◀MP3-117

l	BL	bl	CL	cl			FL	fl	GL	gl	PL	pl	TL	tl	VL	vl
r	BR	br	CR	cr	DR	dr	FR	fr	GR	gr	PR	pr	TR	tr	VR	vr

FR fr *FR* *fr*

字母名稱：EFE ERRE

發　　音：[fra]，[fre]，[fri]，[fro]，[fru]

發音重點：

　　發 [fr] 音時，2 個音素要連續發出，中間不能停頓，亦不能加入其他音素。

寫寫看！	印刷體		手寫體	
	FR		*FR*	
	fr		*fr*	

FR fr

有什麼?

+ a, e, i, o, u

MP3-118

fraco	freio	frio
/ˈfra.ku/	/ˈfrej.u/	/ˈfriu/
弱小	煞車	寒冷

afro	fruta
/ˈa.fru/	/ˈfru.ta/
非裔	水果

說說看

No Brasil são muitos os afrodescendentes.

/nu bɾa.ˈziw ˈsaw ˈmwj.tus ˈus ˈa.fru.de.sẽ.ˈdẽ.ʧiz/

在巴西有許多非洲人後裔。

| l | BL | bl | CL | cl | | | FL | fl | GL | gl | PL | pl | TL | tl | VL | vl |
| r | BR | br | CR | cr | DR | dr | FR | fr | GR | gr | PR | pr | TR | tr | VR | vr |

GL gl *GL* *gl*

字母名稱：GE ELE

發　　音：[gla]，[gle]，[gli]，[glo]，[glu]

發音重點：

發 [gl] 音時，2 個音素要連續發出，中間不能停頓，亦不能加入其他音素。

寫寫看！	印刷體		手寫體	
	FR		*FR*	
	fr		*fr*	

GL gl

有什麼？

+ a, e, i, o, u

🔊 MP3-120

glacial
/gla.si'.aw/
冰狀的

gleba
/'glɛ.ba/
土地

glicerol
/gli.se.'rɔl/
甘油

globo
/'glo.bu/
地球

glúten
/'glu.tẽ/
麩質

説 説 看

Nós gostamos de comer pão de glúten.

/'nɔs 'gos.'tɑ.mus 'ʤi ku.'meɾ 'pãw 'ʤi glu.tẽ/

我們喜歡吃無麩質麵包。

第四天

◀ MP3-121

l	BL	bl	CL	cl			FL	fl	GL	gl	PL	pl	TL	tl	VL	vl
r	BR	br	CR	cr	DR	dr	FR	fr	**GR**	**gr**	PR	pr	TR	tr	VR	vr

GR gr *GR* *gr*

字母名稱：GE ERRE

發　　音：[gra]，[gre]，[gri]，[gro]，[gru]

發音重點：

　　發 [gr] 音時，2 個音素要連續發出，中間不能停頓，亦不能加入其他音素。

	印刷體		手寫體	
寫寫看！	**GR**		*GR*	
	gr		*gr*	

GR gr
有什麼？

+ a, e, i, o, u

grama	grelha	gripe
/'grɑ.ma/	/'gre.ʎa/	/'gri.pi/
公克	烤肉架	感冒

grosso	gruta
/'gro.su/	/'gru.ta/
厚的	岩洞

 説 説 看

Eu estou com muita gripe, vou pedir licença hoje.

/'ew 'is.tow 'kõ 'mwj.ta 'gri.pi 'vow pe.'dir li.'sẽ.sa 'oʒi/

我的感冒很嚴重，今天我要請假。

l	BL	bl	CL	cl			FL	fl	GL	gl	PL	pl	TL	tl	VL	vl
r	BR	br	CR	cr	DR	dr	FR	fr	GR	gr	PR	pr	TR	tr	VR	vr

PL pl *PL* *pl*

字母名稱：BE ELE

發　　音：[pla]，[ple]，[pli]，[plo]，[plu]

發音重點：

　　發 [pl] 音時，2 個音素要連續發出，中間不能停頓，亦不能加入其他音素。

寫寫看！	印刷體		手寫體	
	PL		*PL*	
	pl		*pl*	

PL pl

有什麼？

+ a, e, i, o, u

 MP3-124

planta	pleno	aplicar
/'plã.ta/	/'ple.nu/	/a.pli.'kar/
植物	充滿	加上

duplo	pluma
/'du.plu/	/'plu.ma/
兩倍	羽毛

説 説 看

João tomou whisky duplo na festa.

/'jo.aw 'to.mow wis.'ki du.plu na 'fɛs.ta/

約翰在聚會上喝了兩杯威士忌。

第四天

l	BL	bl	CL	cl			FL	fl	GL	gl	PL	pl	TL	tl	VL	vl
r	BR	br	CR	cr	DR	dr	FR	fr	GR	gr	PR	pr	TR	tr	VR	vr

PR pr *PR* *pr*

字母名稱：PE ERRE

發　　音：[pra]，[pre]，[pri]，[pro]，[pru]

發音重點：

　　發 [pr] 音時，2 個音素要連續發出，中間不能停頓，亦不能加入其他音素。

寫寫看！

印刷體		手寫體	
PR		*PR*	
pr		*pr*	

PR pr

有什麼？

+ a, e, i, o, u

prato	preto	primeiro
/ˈpra.tu/	/ˈpre.tu/	/pri.ˈmej.ru/
盤子	黑色的	第一

procurar	prumo
/pro.ku.ˈrar/	/ˈpru.mu/
尋找	鉛錘球

說說看

A segurança em primeiro lugar.

/a se.gu.ˈrã.sa ẽ pri.ˈmej.ru lu.ˈgar/

安全第一。

◀ MP3-127

| l | BL | bl | CL | cl | | | FL | fl | GL | gl | PL | pl | TL | tl | VL | vl |
| r | BR | br | CR | cr | DR | dr | FR | fr | GR | gr | PR | pr | TR | tr | VR | vr |

TL tl 𝒯ℒ 𝓉𝓁

字母名稱：TE ELE

發　　音：[tla]，[tle]，[tli]

發音重點：

　發 [tl] 音時，2 個音素要連續發出，中間不能停頓，亦不能加入其他音素。

寫寫看！	印刷體		手寫體	
	TL		𝒯ℒ	
	tl		𝓉𝓁	

atlas	atleta	tlintar
/ˈa.tlas/	/a.ˈtlɛ.ta/	/tlin.ˈtar/
地圖本	運動員	鈴聲響起

說說看

Ele tem um corpo de atleta.

/ˈe.li tẽ ˈũ ˈkor.pu ˈdʒi a.ˈtlɛ.ta/

他有運動員的身材。

l	BL	bl	CL	cl			FL	fl	GL	gl	PL	pl	TL	tl	VL	vl
r	BR	br	CR	cr	DR	dr	FR	fr	GR	gr	PR	pr	TR	tr	VR	vr

TR tr *TR* *tr*

字母名稱：TE ERRE

發　　音：[tra]，[tre]，[tri]，[tro]，[tru]

發音重點：

　　發 [tr] 音時，2 個音素要連續發出，中間不能停頓，亦不能加入其他音素。

	印刷體		手寫體	
寫寫看！	TR		*TR*	
	tr		*tr*	

+ a, e, i, o, u

◀ MP3-130

trabalho
/tra.ˈba.ʎu/
工作

trema
/ˈtre.ma/
變音符號

trigo
/ˈtri.gu/
小麥

troco
/ˈtro.ku/
找回的錢

truque
/ˈtru.ki/
計謀

說 說 看

O trabalho engrandece o homem. （成語）

/u tra.ˈba.ʎu ẽ.grã.ˈde.si u ˈɔ.mẽ/

辛苦是有價值的。（勤勞使人類偉大。）

第四天

l	BL	bl	CL	cl			FL	fl	GL	gl	PL	pl	TL	tl	VL	vl
r	BR	br	CR	cr	DR	dr	FR	fr	GR	gr	PR.	pr	TR	tr	VR	vr

VL vl *VL* *vl*

字母名稱：VE ELE

發　　音：[vla]

發音重點：

　　發 [vl] 音時，2 個音素要連續發出，中間不能停頓，亦不能加入其他音素。

寫寫看！	印刷體		手寫體	
	VL		*VL*	
	vl		*vl*	

+ a

Vladmir

/vla.ʤi.ˈmir/

弗拉基米爾（人名）

 説 説 看

Quem é Vladimir ?

/ˈkẽ ˈɛ vla.ʤi.ˈmir/

誰是弗拉基米爾？

173

| l | BL | bl | CL | cl | | | FL | fl | GL | gl | PL | pl | TL | tl | VL | vl |
| r | BR | br | CR | cr | DR | dr | FR | fr | GR | gr | PR | pr | TR | tr | VR | vr |

VR vr *VR* *vr*

字母名稱：VE ERRE

發　　音：[vra]，[vre]，[vro]

發音重點：

　　發 [vr] 音時，2 個音素要連續發出，中間不能停頓，亦不能加入其他音素。

寫寫看！	印刷體		手寫體	
VL			*VL*	
vl			*vl*	

VR vr

有什麼？

+ a, e, o

livrar	livre	livro
/li.ˈvrar/	/ˈli.vri/	/ˈli.vru/
解除	自由	書本

說說看

Abram o livro na página dez.

/a.ˈbrãw u ˈli.vru ˈna ˈpa.ʒi.na ˈdɛs/

把書翻開到第十頁。

TERMINAR EM PIZZA（以披薩結束）

　　「以披薩結束」這句話是由一名曾在「Gazeta Esportiva」體育報刊社的記者「米爾頓・佩魯齊」（Milton Peruzzi）所創造。在 1960 年代，「帕爾梅拉斯體育俱樂部」（Sociedade Esportiva Palmeiras）的管理團隊為了解決因種種衝突引發的嚴重危機而召開了連續 14 個小時的會議，希望能解決足球隊的問題。

　　由於長時間的會議，也讓一群神經緊張的管理團隊餓到頭痛，在考量實用性及教練的義大利血統，於是他們訂了 18 個巨型披薩，以及大量的啤酒、葡萄酒以繼續這場會議的辯論。在透過不斷的爭辯及暴飲暴食之下，他們終於達成共識。鑒於此成果，記者米爾頓・佩魯齊發表了一篇以「帕爾梅拉斯危機以披薩結束」（Crise do Palmeiras termina em pizza）為題的報導。

　　日後在巴西，當一個事件沒有結論，或是沒有確切的解決方案時，就會被稱為「以披薩結束」。而當政客們沒有因為他們的罪刑而受到應有的懲罰時，也可以說「以披薩結束」，例如：波索納洛（巴西前總統）的嚴重貪汙之事定會以披薩告終。

參考資料：https://brasilescola.uol.com.br/curiosidades/acabar-pizza.
htm#:~:text=A%20origem%20da%20express%C3%A3o%20mais,tudo%20
%E2%80%9Cacabou%20em%20pizza%E2%80%9D.&text=O%20Brasil%20
%C3%A9%20um%20pa%C3%ADs,uma%20s%C3%A9rie%20de%20
problemas%20estruturais.

Quinto Dia
Conhecendo os Encontros Consonantais do Português (2)

第五天
認識葡萄牙語的輔音連綴（2）

BJ、BS、DV、GM、GN、MN、PN、PS、PT、TM

　　輔音連綴實際上分為兩組。其中一組「出現在同一音節」的輔音連綴，例如：「cl」→「classe」（階級）、「cr」→「cravo」（康乃馨），已在第 4 天介紹過。

　　本課將介紹另一組輔音連綴，主要運用在「出現於不同的音節」，例如：「bj」→「subjuntivo」（虛擬式）。這組輔音連綴的單字特色是念起來不順口，因此發音時自然而然會產生發出 [i] 音的現象。例如上述的「subjuntivo」，原本應該發音為 [su.bjun.ti.vo]，為補足「b」的發音，則實際上會發音為 [su.bi.jun.ti.vo]，這在發音學上稱為「ortoépia」（orthoepy；正確發音）。

BJ	BS	DV	GM	GN	MN	PN	PS	PT	TM
bj	bs	dv	gm	gn	mn	pn	ps	pt	tm

BJ bj *BJ* *bj*

字母名稱：BE JOTA

發　　音：[bj]

發音重點：

　　當輔音連綴字母「bj」出現於詞中時，可以連續發音，也可以分開發音。例如：「Subjetivo」（主觀），連續發音時是「su-bje-ti-vo」，分開發音時是「su-bi-je-ti-vo」。

寫寫看！	印刷體		手寫體	
	BJ		*BJ*	
	bj		*bj*	

BJ bj

有什麼？

subjuntivo
/sw.bi.ˈʒũ.ʧi.vu/

虛擬式

subjetivo
/sw.bi.ʒe.ˈʧi.vu/

主觀

objeto
/o.bi.ˈʒe.tu/

物品

abjeto
/a.bi.ˈʒe.tu/

卑鄙的

objeção
/o.bi.ʒe.ˈsãw/

異議

第五天

説説看

Você tem alguma objeção ?

/vo.ˈse ˈtẽ aw.ˈgw.ma o.bi.ʒe.ˈsãw/

你有任何異議嗎？

◀MP3-137

BJ	BS	DV	GM	GN	MN	PN	PS	PT	TM
bj	bs	dv	gm	gn	mn	pn	ps	pt	tm

BS bs *BS* *bs*

字母名稱：BE ESSE

發　　音：[bs]

發音重點：

　　當輔音連綴字母「bs」出現於詞中時，可以連續發音，也可以分開發音。例如：「absurdo」（荒謬），連續發音時是「a-bsur-do」，分開發音時是「a-bi-sur-do」。

寫寫看！	印刷體			手寫體	
	BS			*BS*	
	bs			*bs*	

BS bs

有什麼？

■ MP3-138

absurdo

/a.bi.ˈswɾ.du/

荒謬

obscuro

/o.bis.ˈkw.ru/

朦朧

obsceno

/o.bi.ˈse.nu/

猥褻

subsídio

/sw.bi.ˈzi.ʤi.o/

津貼

subsolo

/sw.bi.ˈso.lu/

地下

說說看

As coisas que eles dizem são absurdas.

/as ˈkoj.zas ki ˈe.lis ˈʤi.zẽ ˈsɐ̃w a.bi.ˈswɾ.das/

他們說的話是荒謬的。

第五天

181

◀MP3-139

BJ	BS	DV	GM	GN	MN	PN	PS	PT	TM
bj	bs	dv	gm	gn	mn	pn	ps	pt	tm

DV dv *DV* *dv*

字母名稱：DE VE

發　　音：[dv]

發音重點：

　　當輔音連綴字母「dv」出現於詞中時，可以連續發音，也可以分開發音。例如：「advogado」（律師），連續發音時是「a-dvo-ga-do」，分開發音時是「a-di-vo-ga-do」。

	印刷體		手寫體	
寫寫看！	**DV**		*DV*	
	dv		*dv*	

DV dv

有什麼？

advogado
/a.ʤi.vo.ˈga.du/
律師

advento
/a.ʤi.ˈvẽ.tu/
來臨

advérbio
/a.ʤi.ˈvɛɾ.bi.u/
副詞

adverso
/a.ʤi.ˈvɛɾ.su/
不利的

adversário
/a.ʤi.vɛɾ.ˈsa.ɾi.u/
對手

説説看

O advento da pandemia trouxe o caos.

/u a.ʤi.vẽ.tu da pã.de.ˈmi.a ˈtrow.si u ˈkaus/

病毒大流行的來臨帶來了混亂。

BJ	BS	DV	GM	GN	MN	PN	PS	PT	TM
bj	bs	dv	gm	gn	mn	pn	ps	pt	tm

GM gm *GM* *gm*

字母名稱：GE EME

發　　音：[gm]

發音重點：

　　當輔音連綴字母「gm」出現於詞中時，可以連續發音，也可以分開發音。例如：「dogma」（教條），連續發音時是「do-gma」，分開發音時是「do-gui-ma」。分開發音後的「g」為了維持原有的音，必須加上「ui」。

	印刷體	手寫體	
寫寫看！	**GM**		*GM*
	gm		*gm*

GM gm

有什麼？

dogma
/ˈdɔ.gwi.ma/
教條

enigma
/e.ˈni.gwi.ma/
謎

estigma
/es.ˈtʃi.gwi.ma/
柱頭

magma
/ˈma.gwi.ma/
岩漿

pigmeu
/pi.gwi.ˈmew/
侏儒

Você já viu um pigmeu ?

/vo.ˈse ˈʒa ˈviw ũ pi.gwi.ˈmew/

你見過侏儒嗎？

第五天

BJ	BS	DV	GM	GN	MN	PN	PS	PT	TM
bj	bs	dv	gm	gn	mn	pn	ps	pt	tm

GN gn *GN* *gn*

字母名稱：GE ENE

發　　音：[gn]

發音重點：

　　當輔音連綴字母「gn」出現於詞中時，可以連續發音，也可以分開發音。例如：「benigno」（良性的），連續發音時是「be-ni-gno」，分開發音時是「be-ni-gui-no」。分開發音後的「g」為了維持原有的音，必須加上「ui」。

	印刷體	手寫體	
寫寫看！	**GN**		*GN*
	gn		*gn*

GN gn

有什麼？

benigno

/be.ˈni.gwi.nu/

良性的

digno

/ˈdʒi.gwi.nu/

端莊的

ignição

/i.gwi.ni.ˈsãw/

點火

signo

/ˈsi.gwi.nu/

跡象

Wagner

/ˈva.gwi.neɾ/

瓦格納（人名）

說說看

Você conhece alguém chamado Wagner ?

/vo.ˈse ko.ˈɲɛ.se aw.ˈgwen ʃaˈ.ma.du ˈva.gwi.neɾ/

你認識任何叫做瓦格納的人嗎？

第五天

◀MP3-145

BJ	BS	DV	GM	GN	MN	PN	PS	PT	TM
bj	bs	dv	gm	gn	mn	pn	ps	pt	tm

MNmn𝓜𝓝 𝓶𝓷

字母名稱：EME ENE

發　　音：[mn]

發音重點：

　　當輔音連綴字母「mn」出現於詞中時，可以連續發音，也可以分開發音。例如：「amnésia」（健忘症），連續發音時是「a-mné-si-a」，分開發音時是「a-mi-né-si-a」。

	印刷體		手寫體	
寫寫看！	**MN**		𝓜𝓝	
	mn		𝓶𝓷	

MN mn

有什麼？

amnésia
/a.mi.ˈnɛ.zi.a/
健忘症

mnemônico
/mi.ne.ˈmo.ni.ku/
記憶術

說說看

Para alguns assuntos eles sofrem de amnesia.

/ˈpa.ɾa aw.ˈgũs a.ˈsũ.tus ˈe.lis ˈsɔ.frẽ ʤi a.mi.ˈnɛ.zi.a/

對於某些事，他們患有健忘症。（對一些事情，他們裝傻。）

MP3-147

BJ	BS	DV	GM	GN	MN	PN	PS	PT	TM
bj	bs	dv	gm	gn	mn	pn	ps	pt	tm

PN pn *PN* *pn*

字母名稱：PE ENE
發　　音：[pn]

發音重點：

　　當輔音連綴字母「pn」出現於詞中時，可以連續發音，也可以分開發音。例如：「pneu」（輪胎），連續發音時是「pneu」，分開發音時是「pi-neu」。

	印刷體		手寫體	
PN			*PN*	
pn			*pn*	

寫寫看！

PN pn

有什麼？

pneu	**hipnose**
/pi.ˈnew/	/i.pi.ˈnɔ.zi/
輪胎	催眠
pneumonia	**dispnéia**
/pi.new.mo.ˈni.a/	/dis.pi.ˈnɛj.a/
肺炎	呼吸困難

說說看

Se o pneu furar, você acende os faróis.

/se o pi.ˈnew fu.ˈɾaɾ vo.ˈse a.ˈsẽ.dʒi us fa.ˈɾɔ.is/

如果輪胎被刺破，你就要把大燈打開（萬一車子輪胎
破掉，為了讓路人方便協助你，就必須開車子的大燈）。

Acenda o Farol〈打開汽車前燈〉

BJ	BS	DV	GM	GN	MN	PN	PS	PT	TM
bj	bs	dv	gm	gn	mn	pn	ps	pt	tm

PS ps *PS* *ps*

字母名稱：PE ESSE

發　　音：[ps]

發音重點：

　　當輔音連綴字母「ps」出現於詞中時，可以連續發音，也可以分開發音。例如：「pseudo」（偽造的），連續發音時是「pseu-do」，分開發音時是「pi-seu-do」。

寫寫看！	印刷體		手寫體	
	PS		*PS*	
	ps		*ps*	

PS ps

有什麼?

psiu
/pi.ˈsiw/
噓

pseudo
/pi.ˈsew.du/
偽造的

psicose
/pi.si.ˈkɔ.zi/
精神病

psicólogo
/pi.si.ˈkɔ.lo.gu/
心理學家

psicopata
/pi.si.ko.ˈpa.ta/
心理病態者

說 說 看

O doutor Pedro é um bom psicólogo.

/u ˈdow.toɾ ˈpe.dru ɛ ũ bõ pi.si.ˈkɔ.lo.gu/

佩德羅醫生是一位優秀的心理學家。

◀MP3-151

BJ	BS	DV	GM	GN	MN	PN	PS	PT	TM
bj	bs	dv	gm	gn	mn	pn	ps	pt	tm

PT pt *PT* *pt*

字母名稱：PE TE

發　　音：[pt]

發音重點：

　　當輔音連綴字母「pt」出現於詞中時，可連續發音，也可以分開發音。例如：「optar」（選擇），連續發音時是「o-ptar」，分開發音時是「o-pi-tar」。

寫寫看！

印刷體		手寫體	
PT		*PT*	
pt		*pt*	

captura

/ka.pi.ˈtu.ra/

抓住

optar

/o.pi.ˈtaɾ/

選擇

per capta

/ˈpeɾ ˈka.pi.ta/

人均

rapto

/ˈra.pi.tu/

綁架

réptil

/ˈrɛ.pi.tiw/

爬蟲

 説 説 看

Qual é a renda per capta em seu país ?

/ˈkwaw ɛ a ˈrẽ.da peɾ ˈka.pi.ta ẽ ˈsew pa.ˈis/

你國家的人均收入是多少？

◀MP3-153

BJ	BS	DV	GM	GN	MN	PN	PS	PT	TM
bj	bs	dv	gm	gn	mn	pn	ps	pt	tm

TM tm *TM tm*

字母名稱：TE EME

發　　音：[tm]

發音重點：

　　當輔音連綴字母「tm」出現於詞中時，可以連續發音，也可以分開發音。例如：「atmosfera」（大氣層），連續發音時是「a-tmos-fe-ra」，分開發音時是「a-ti-mos-fe-ra」。

	印刷體	手寫體	
TM		*TM*	
tm		*tm*	

寫寫看！

aritmética
/a.ri.ʧi.ˈmɛ.ʧi.ka/
算術

atmosfera
/a.ʧi.mos.ˈfɛ.ra/
大氣層

istmo
/ˈis.ʧi.mu/
地峽（連接兩塊陸地之間的狹長地形）

logaritmo
/lo.ga.ˈri.ʧi.mu/
對數

ritmo
/ˈri.ʧi.mu/
節奏

Dançar a música conforme o ritmo.

(Dançar conforme a música.)

/dã.ˈsar a ˈmu.zi.ka kõ.ˈfɔr.me u ˈri.ʧi.mu/

根據節奏，隨著音樂跳舞。（依情況辦事。）

CINEMA BRASILEIRO（巴西電影）

巴西自 1896 年舉行了第一場電影觀賞會後，儘管從當時到現在，社會已經歷經種種變化與進步，但是巴西電影並沒有消失，那是因為電影已經成為展演模式，同時電影院的產生也促進了新電影的產出。而另一個電影沒有消失的原因，則是因為電影是巴西人的娛樂之一，由於在電影院觀賞電影和在家觀看 DVD 或電視，是完全不同的感受，所以深受巴西人的喜愛，這也是巴西電影持續存在的原因。

自 1897 年起，巴西電影的拍攝已成為一種表達藝術的方式。巴西電影至今已有 120 多年的歷史，曾在國際上有巨大的影響力（Cinema Novo 時期），也曾經歷因「Empresa Brasileira de Filmes S.A.」（巴西國有電影公司）從國有化轉成私有化，而見證了巴西國內電影市場消長（Embrafilme 時期）的階段。在 21 世紀的前 10 年，於巴西上映的電影，平均每年可以售出 1 億張票，其中本土電影就占了 15% ～ 20%。目前，巴西每年仍可以製作出約 90 ～ 100 部的劇情長片，然而儘管產量多，但也面臨到必須先找到願意發行電影發行商的困境，因此並不是每一部電影最後都能成功地在電影院上映。

巴西電影從發展開始歷經了幾項轉變，例如「靜態攝影」（一般攝影）就是轉變成「電影攝影」（cinematography）即「動態錄

影」決定性的一步。此外，也有許多人促進、改善國際間對巴西電影的評價，例如「阿馬西奧・馬札羅皮」（Amácio Mazzarop, 1912～1981）從巴西演員、喜劇演員到歌手，甚至晉升為電影製作人，使得巴西電影在國際間的地位日益提升。

如今，電影已經是一種賺取利益的方式，因為介入電影的投資非常多。巴西的電影與其他國家相較並不是十分合格，這不是因為編劇或演員的關係，而是資金的不足。巴西有非常多優秀的演員，也有很好的藝術潛力，而且還有豐富的自然資源及景觀，所以使得巴西能夠製作出具有出色視覺效果的電影。然而，拍攝電影往往需要許多資金，因此製作電影最大的問題其實是缺乏足夠的投資。即便如此，近年巴西在電影攝影領域仍然取得了長足的發展，例如電影《紙牌遊戲》（O Quatrilho），這是因為巴西電影 每一部皆各有其時代意義及可能性。

參考資料：https://pt.wikipedia.org/wiki/Cinema_do_Brasil

　　　　　https://monografias.brasilescola.uol.com.br/......

　　　　　https://manualdohomemmoderno.com.br/....../melhores......

　　　　　Ab4MGvz8RHZY

　　　　　https://monografias.brasilescola.uol.com.br/arte-cultura/cinema-brasileiro.htm

Memorando

Sexto Dia
Conhecendo os
Dígrafos do Português

....

第六天
認識葡萄牙語的
二合字母

CH、LH、NH、RR、SS、GU、
QU、SC、SÇ、XC

　　在葡萄牙語中，當兩個輔音字母結合在一起，且僅有一個音素時，此時兩個結合的輔音字母就稱為「二合字母」，也可以稱為「兩字母單音」。

CH					GU	QU			
ch	lh	nh	rr	ss	gu	qu	sc	sç	xc

CH ch *CH* *ch*

字母名稱：CE AGA

發　　音：[ʃ]

發音重點：

發「ch」音時，要先將舌面抬起並靠近上顎，接著雙唇向外突出噘起，當氣流從口腔後部出來時會摩擦起音。[ʃ] 是清輔音，發音時聲帶不振動。

寫寫看！

印刷體		手寫體	
CH		*CH*	
ch		*ch*	

CH ch

有什麼？

+ a, e, i, o, u

◀ MP3-156

chave	chefe
/ˈʃa.vi/	/ˈʃɛ.fi/
鑰匙	主管

Chico	choro
/ˈʃi.ku/	/ˈʃo.ru/
FRANCISCO（人名，「方濟各」的簡寫）	哭泣

chuva
/ˈʃu.va/
下雨

說說看

Hoje vai ter chuva.

/ˈøo.ʒi ˈvaj ˈter ˈʃu.va/

今天會下雨。

CH					GU	QU			
ch	lh	nh	rr	ss	gu	qu	sc	sç	xc

lh

lh

字母名稱：ELE AGA

發　　音：[λ]

發音重點：

發「lh」音時，舌尖要先抵住下齒齦，且舌面後半部分要拱起，接著頂住上顎，讓氣流形成阻塞，而當氣流從舌頭兩邊洩出時，上顎要略微抬起。

寫寫看！

印刷體		手寫體	
lh		lh	

+ a, e, i, o, u

palha	alheio	filhinho
/ˈpa.λa/	/a.ˈλej.u/	/fiˈ.λi.ɲu/
稻草	別人的	小兒子

milho	alhures
/ˈmi.λu/	/a.ˈλu.ris/
玉米	別的地方

説説看

Pamonha é feita de milho.

/pa.ˈmo.λa ɛ ˈfej.ta ʤi ˈmi.λu/

巴西粽（Pamonha）是由玉米製成。

◀MP3-159

CH					GU	QU			
ch	lh	nh	rr	ss	gu	qu	sc	sç	xc

字母名稱：ELE AGA

發　　音：[ɲ]

發音重點：

　　「nh」是鼻輔音，發音時要先將雙唇自然張開，讓舌面緊貼上顎，當軟顎下垂時，使氣流從鼻腔洩出成音。

寫寫看！	印刷體		手寫體	
	nh		*nh*	

manhã
/mã'.ɲã/
清晨

banheiro
/bã.ɲej.ru/
洗手間

renhido
/re'.ɲi.du/
激烈的

banho
/'bã.ɲu/
沐浴

nenhum
/ne'.ɲũ/
個也沒有

說 說 看

A que horas você toma banho ?

/a ke 'ɔɔ.ras vo.'se 'to.ma 'bɑ.ɲu/

你什麼時候洗澡？

CH					GU	QU			
ch	lh	nh	rr	ss	gu	qu	sc	sç	xc

rr *rr*

字母名稱：ERRE ERRE

發　　音：[r]

發音重點：

　　字母「rr」是多顫舌音，其發音要領與單顫舌音 [ɾ] 相同，僅是舌尖多震動幾次，例如：「correr」[ko.r̄ˈer]（跑）。

　　此外，多顫舌音 [r] 也可以發成小舌音 [R]。當「r」作為開頭音節時，就是發成小舌音 [R]，例如：「rato」[Rˈa.tu]（老鼠）。

寫寫看！	印刷體		手寫體	
	rr		*rr*	

arrogante
/a.ro.ˈgɐ̃.ʧi/
傲慢

bizarro
/bi.ˈza.ru/
怪異的

burro
/ˈbu.ru/
驢子

carro
/ˈka.ru/
汽車

carroça
/ka.ˈro.sa/
四輪運貨馬車

第六天

Ernesto trabalha como um burro.

/eɾ.ˈnɛs.tu tra.ˈba.ʎa ˈko.mu ũ ˈbu.ru/

埃內斯託像驢子一樣工作。（埃內斯託拚命工作。）

二合字母 **5**

◀MP3-163

CH					GU	QU			
ch	lh	nh	rr	ss	gu	qu	sc	sç	xc

SS *ss*

字母名稱：ESSE ESSE

發　　音：[s]

發音重點：

　　發「ss」音時，要先將上下排牙齒靠近，且舌尖要接近上齒齦，當氣流從舌尖和上齒齦之間通過時會摩擦起音。[s] 是清輔音，發音時聲帶不振動。

寫寫看！	印刷體			手寫體	
	SS			*ss*	

pássaro
/ˈpa.sa.ru/
鳥類

essencial
/e.sẽ.si.aw/
必要

possível
/po.ˈsi.vew/
可能的

expresso
/esˈprɛ.su/
已表明的

nosso
/ˈnɔ.su/
我們的

説 説 看

Isto não é possível !
/is.tu nãw ɛ po.ˈsi.vew/

這是不可能的！

CH					GU	QU			
ch	lh	nh	rr	ss	gu	qu	sc	sç	xc

GU gu *GU* *gu*

字母名稱：GE U

發　　音：[g]

發音重點：

當「gu」出現在母音「e」和「i」之前時，母音「u」不發音，例如：
「alguém」（某人）的「gué」，發音類似英文的「get」的「ge」[gɛ]。

寫寫看！

印刷體	手寫體
GU	*GU*
gu	*gu*

Gu gu

有什麼？

+ e, i

algu**ém**	**conse**guir	**g**uerra
/aw.gwẽ/	/kõ.se.ˈgir/	/ˈgɛ.ra/
某人	得到	戰爭

ning**uém**	**redar**guir
/nĩ.gwẽ/	/re.dar.ˈgir/
沒有人	回答

說 說 看

Isto ninguém sabe.

/ˈis.tu nĩ.ˈgẽ ˈsa.bi/

這件事沒有人知道。

第六天

CH					GU	QU			
ch	lh	nh	rr	ss	gu	qu	sc	sç	xc

QU qu 𝒬𝓊 𝓆𝓊

字母名稱：QUE U

發　　音：[k]

發音重點：

當「qu」出現在母音「e」和「i」之前時，母音「u」不發音。

寫寫看！	印刷體		手寫體	
	QU		𝒬𝓊	
	qu		𝓆𝓊	

QU qu

有什麼？

+ a, e, i, o

🔊 MP3-168

發 [kw] 的音	發 [k] 的音
quatro	**queixo**
/ˈkwa.tru/	/ˈkej.ʃu/
四個	下巴
frequente	**quiabo**
/ˈfre.kwẽ.tʃi/	/ki.ˈa.bu/
經常	秋葵
cinquenta	**porque**
/sĩ.ˈkwẽ.ta/	/pur.ˈke/
五十	因為
tranquilo	**ataque**
/trã.ˈkwi.lu/	/a.ˈta.ki/
安靜的	攻擊
quota	**aqui**
/ˈkwɔ.ta/	/a.ˈki/
名額	這裡

說說看

Ele completa cinquenta anos hoje.

/ˈe.li kõ.ˈple.ta sĩ.ˈkwẽ.ta ˈɑ.nus ˈho.ʒi/

他今天滿五十歲了。

第六天

CH					GU	QU			
ch	lh	nh	rr	ss	gu	qu	sc	sç	xc

SC *sc*

字母名稱：ESSE CE
發　　音：[s]

發音重點：

　　當字母「s」和「c」結合成為二合字母「sc」時，實際上「s」是不發音的，主要靠「c」來發音。因此，當「sc」兩個字母在一起時，是發 [s]的音。

寫寫看！	印刷體		手寫體	
	SC		*sc*	

SC +e, i

有什麼？

consciência
/kõ.si.ˈẽ.si.a/
意識

descida
/de.ˈsi.da/
下坡

disciplina
/dʒ.si.ˈpli.na/
學科

obsceno
/o.bi.ˈse.nu/
猥褻

piscina
/pi.ˈsina/
游泳

第六天

説説看

Conhecimento traz consciência.

/ko.ɲe.si.mẽ.tu traz kõ.si.ˈẽ.si.a/

知識帶來意識。

CH					GU	QU			
ch	lh	nh	rr	ss	gu	qu	sc	sç	xc

字母名稱：ESSE CE CEDILHA

發　　音：[s]

發音重點：

　　當字母「s」和「ç」結合成為二合字母「sç」時，實際上「s」是不發音的，主要靠「ç」來發音。因此，當「sç」兩個字母在一起時，是發 [s] 的音。

寫寫看！	印刷體		手寫體	
Sç			*sç*	

Sç

有什麼？

aquiesço
/a.ki.ˈe.su/
我默認

cresço
/kre.su/
我生長

desço
/de.su/
我下去

nasço
/ˈna.su/
我出生

imisção
/i.mi.ˈsɐ̃w/
混合

説 説 看

Eu cresço com os sofrimentos.

/ˈew ˈkre.su ˈkõ us so.fri. ˈmẽ.tus/

我在痛苦中成長。

◀ MP3-173

CH					GU	QU			
ch	lh	nh	rr	ss	gu	qu	sc	sç	xc

XC *xc*

字母名稱：XIS CE

發　　音：[s]

發音重點：

　　當字母「x」和「c」結合成為二合字母「xc」時，實際上「x」是不發音的，主要靠「c」來發音。因此，當「xc」兩個字母在一起時，是發 [s] 的音。

寫寫看！	印刷體			手寫體	
	XC			*xc*	

XC

有什麼？

MP3-174

exceção
/e.se.ˈsãw/
例外

excedente
/e.se.ˈdẽ.ʧi/
剩餘

excelente
/e.se.ˈlẽ.ʧi/
非常好

excessivo
/e.se.ˈsi.vu/
過多的

excêntrico
/e.ˈsẽ.tri.ku/
偏心

説 説 看

Ele é uma pessoa excêntrica.

/e.li ɛ ˈu.ma pe.ˈso.a e.sẽ.tri.ka/

他是個古怪的人。

第六天

A ORIGEM DA EXPRESSÃO "PRESENTE DE GREGO"
「希臘禮物」一詞的起源

　　在巴西，若和朋友分享自己認為很高興的事情時，有可能會從朋友的口中聽到「Cuidado! Isso aí é um presente de grego!」（你要小心！這可能是個希臘人送來的禮物喔！）

　　「希臘人的禮物」是巴西民間流傳的一句話，通常被用來表示「當你收到一份禮物的時候，你可能會被它傷害」，換句話說，就是「一個好的消息，不見得是好的」。這句話起源於「特洛伊木馬」，它是荷馬（Homer）在《伊里亞德》（Iliad）中所描述的著名情節，講述了特洛伊戰爭的事件。

　　在特洛伊戰爭中，希臘人在特洛伊城牆旁留下了一匹巨大的木馬，據說是作為禮物，而特洛伊人把木馬帶進了城牆內，認為這個所謂的禮物是希臘人投降的戰利品，然而實際上木馬內卻躲藏著埋伏的希臘士兵。夜間，當特洛伊人喝得酩酊大醉，且大多數人都已經睡著，躲在木馬內的希臘人便打開了特洛伊城門，讓全軍進入城內並徹底摧毀整座城。

參考資料：

https://www.dicionariopopular.com/presente-de-grego/10/18/2023

Sétimo Dia
Começando a Falar o Português do Brasil

第七天
開始開口說
巴西葡萄牙語

1. Cumprimentos 打招呼
2. Expressões de cortesia 禮貌用語
3. Perguntas & Respostas 詢問 & 回答
4. Comece a falar português! 開口說葡萄牙語吧！

1. Cumprimentos　打招呼：

句型：	好日	過得如何	禮貌稱呼或人名（尊稱詞）

例句

問 ▶ Bom dia,　　como vai　　a senhora?
/bõ ˈdʒia/　　ˈko.mu vaj　　a se.ˈɲɔ.ra/
早安，您好嗎？

答 ▷ Bom dia,　　vou bem　　,obrigada.
/bõ ˈdʒia/　　ˈvow bẽj　　o.bri.ˈga.da/
早安，我很好，謝謝。

例句

問 ▶ Bom dia,　　como vai　　o senhor?
/bõ ˈdʒia/　　ˈko.mu vaj　　u se.ˈɲor/
早安，您好嗎？

答 ▷ Bom dia,　　vou bem　　,obrigado.
/bõ ˈdʒia/　　ˈvow bẽj　　o.bri.ˈga.du/
早安，我很好，謝謝。

* obrigada / obrigado：意思是「謝謝」。在葡萄牙文中，女性要說「obrigada」，男性要說「obrigado」。
這個詞彙來自「Ser obrigado(obrigada) a」意思是「對某個人有義務」。因為這次而得到對方的協助，所以下次對方有需要協助時，就有幫忙對方的義務。此外，使用這個詞彙時，要注意被感謝者的性別，對男性說「obrigado」，對女性則是說「obrigada」。

（1）Formais 正式說法

◀MP3-176

A. Bom/Boa 好

Bom/Boa 好	~ dia 日子	Bom dia /bõ ˈdʒi.a/ 早安
	~ tarde 下午	Boa tarde /ˈboa ˈtar.dʒi/ 午安
	~ noite 晚上	Boa noite. /ˈboa ˈnoj.ʧi/ 晚安

* bom：好。陽性形容詞

  boa：好。陰性形容詞

* 請留意！「dia」是陽性，「tarde」及「noite」是陰性。

B. Como 如何

◀MP3-177

➤ Como vai?

/ˈko.mu ˈvai/

（最近）過得如何？

➤ (Eu) vou bem...

/(ˈew) ˈvow ˈbẽj/

我過得⋯⋯。

➤ Como está?

/ˈko.mu is.ˈta/

（目前）過得如何？

➤ (Eu) estou bem.

/('ew) is.'tow bẽj/

我過得很好？

➤ Como vão as coisas?

/'ko.mu 'vãw as 'koi.zas/

一切如何？

➤ Vão bem, obrigado.

/'vãw bẽj o.bri.'ga.du/

一切很好。

  * Como está?：「（目前）過得如何？」，在葡萄牙是非正式問候。
    「Como está」的意思是，「你目前處於的狀態是如何？」、「好還是不好？」

C. Pronomes, Nomes & Pron. Tratamento
人稱、人名及尊稱代名詞

◀MP3-178

➤ Como vai você?

/'ko.mu 'vai vo'se/

你（妳）（最近）過得如何？

➤ Como vai o senhor?

/'ko.mu 'vai u sə'ɲor/

您（針對男性）（最近）過得如何？

➤ Como vai a senhora?

/'ko.mu 'vai a sə'ɲɔ.ra/

您（針對女性）（最近）過得如何？

➤ Como vai o Mário?

/'ko.mu 'vai o 'ma.ri.o/

馬里奧（最近）過得如何？

➤ Como vai a Marta?

/'ko.mu 'vai a 'mar.ta/

瑪爾塔（最近）過得如何？

➤ Como vai ele?

/'ko.mu 'vai 'e.lə/

他（最近）過得如何？

➤ Como vai ela?

/'ko.mu 'vai 'ɛ.la/

她（最近）過得如何？

* Como vou eu?：我過得如何？　　　　　　　　　　　◀MP3-179

/'ko.mu 'vow 'ew/

Senhor (seu)：先生（放在名字之前）

/sə'ɲor (s'ew)/

Como vai o senhor, senhor António?：安東尼奧先生，您好嗎？

Como vai o senhor, seu Ana?：安東尼奧先生，您好嗎？

* o senhor：意思是「您」，針對男性使用

** seu 是 senhor 的俗稱

Senhora (dona)：女士

/sə.'ɲɔ.ra ('do.na)/

Como vai a senhora, senhora Ana?：安娜小姐，您好嗎？

Como vai a senhora, dona Ana?：安娜小姐，您好嗎？

* a senhora：意思是「您」，針對女性使用。

** dona 是 senhora 的俗稱

D. EXERCÍCIOS 練習一下

請利用前面學到的「人稱代詞」、「人稱尊稱代詞」及「打招呼」的片語練習對話。

（2）Informal 非正式說法

句型：	嗨	都	形容詞／副詞 ⋯⋯呢？

例句

問 ▶ Oi (olá)　　　　tudo　　　　bem?
　　/'oj (o.'la)　　　'tu.du　　　'bẽj/
　　嗨（你好），一切都嗎？

答 ▷ Tudo　　　　bem　　　　e você?
　　/'tu.du　　　'bẽj　　　i vo.'se/
　　一切好，你呢？

➤ tudo
　/'tu.du/
　全部、所有

➤ Oi, tudo <u>bom</u>?
　/'oj 'tu.du bõ/
　嗨，你好嗎？

➤ Oi, tudo <u>jóia</u>.
　/'oj 'tu.du 'ʒɔj.a/
　嗨，一切都好。

➤ Oi, tudo legal.

/ˈoj ˈtu.du le.gaw/

嗨，一切都很酷。

➤ Oi, tudo maravilha.

/ˈoj ˈtu.du ma.ra.ˈvi.λa/

嗨，一切都很棒。

* bom：良好的

jóia：寶石

legal：合法的

maravilha：精彩的

◆ 開口練習

◀MP3-181

➤ Mário: Bom dia dona Marta, como vai a senhora?

/ˈma.ri.u : bõ ˈdʃia ˈdo.na ˈmar.ta ˈko.mu ˈvaj a sə.ˈɲɔ.ra/

馬里奧：早上好，瑪爾塔小姐，您好嗎？

➤ Marta: Vou bem, obrigada. E você, Mário?

/ˈmar.ta : ˈvow bẽ o.bri.ˈga.da i vo.ˈse ˈma.ri.o/

瑪爾塔：我很好，謝謝。馬里奧，你呢？

➤ Mário: Vou bem também, dona Marta, obrigado.

/ˈma.ri.u : ˈvow ˈbẽ tã.ˈbẽ ˈdo.na ˈmar.ta o.bri.ˈga.du/

馬里奧：我很好，瑪爾塔小姐，謝謝。

➤ Paulo: Oi, Joana, tudo bem?

/ˈpaw.lu : ˈoj, ʒo.ˈʌ.na ˈtu.du ˈbẽ/

保羅：嗨，喬安娜，都好嗎？

➤ Joana: Tudo, e você, Paulo?

/ʒo.'ʌ.na : 'tu.du i vo.'se 'paw.lu/

喬安娜：都好，保羅，你呢？

➤ Paulo: Tudo jóia!

/'paw.lu : 'tu.du 'ʒɔj.a/

保羅：一切非常好！

2. Expressões de cortesia 禮貌用語

◀ MP3-182

➤ obrigado / obrigada
/o.bri.ˈga.du / o.bri.ˈga.da/
謝謝

➤ De nada
/dʒi ˈna.da/
不客氣

➤ Por favor
/ˈpur faˈvor/
麻煩您 / 請問

➤ Com licença / Dá licença
/kõ liˈsẽ.sa / ˈda liˈsẽ.sa/
借過 / 不好意思

➤ Desculpe
/dis.kuɬˈpi/
對不起

➤ Sinto muito
/sĩ.tu ˈmũj.tu/
很抱歉

3. Perguntas & Respostas　詢問 & 回答

疑問詞：Quem（誰），Como（如何），Quando（何時），Quanto（多少），
(De) Onde（從哪裡、哪裡），(O) Que（什麼），Por que（為何），
Porque（因為）

（1）Quem　誰
/ˈkẽj/

▶ Quem é você?
/ˈkẽj ɛ vo.ˈse/
你是誰？

▷ (Eu) Sou o José.
/(ew) sow o ʒo.ˈzɛ/
我是何塞。

▶ Quem pode ajudar?
/ˈkẽj ˈpɔ.dʒi a.ˈʒu.dar/
誰能夠幫忙？

▷ Eu não posso.
/ew ˈnʌw ˈpɔ.su/
我不能，我沒辦法。

▶ Quem está lá dentro?
/ˈkẽj is.ˈta ˈla dẽ.tru/
誰在裡面？

▷ O António.
/u ã.ˈto.ni.u/
是安多尼歐。

▶ Quem quer um café?
/ˈkẽj ˈkɛr ũ ka.ˈfɛ/
誰要喝一杯咖啡？

▷ Eu quero … / A Ana quer …
/ˈew ˈkɛ.ru / a ã.na ˈkɛr/
我要…… / 安納要……

▶ Quem vai comigo?
/ˈkẽj ˈvaj ku.ˈmi.gu/
誰跟著我去？

▷ Eu vou …
/ˈew ˈvow/
我去……

*é：是連係動詞，原形是「ser」，意思是「是」，使用於第二人稱現在時。

Sou：是連係動詞，原形是「ser」，意思是「是」，使用第一人稱現在時。

pode：是不規則動詞，原形是「poder」，意思是「能夠、可以」，使用於第三人稱現在時。

posso：是不規則動詞，原形是「poder」，意思是「能夠、可以」，使用於第一人稱現在時。

quer：是不規則動詞，原形是「qurer」，意思是「想要」，使用於第二人稱現在時。

quero：是不規則動詞，原形是「qurer」，意思是「想要」，使用於第一人稱稱現在時。

vai：是不規則動詞，原形是「ir」，意思是「去」，使用於第二人稱現在時。

vou：是不規則動詞，原形是「ir」，意思是「去」，使用於第一人稱現在時。

（2）Como 如何

◀MP3-184

/ˈko.mu/

▶ Como você se chama?

/ˈko.mu voˈse si ʃˈʌ.ma/

你叫什麼名字？

▷ Manoel Siveira

/ma.nu.ˈew siwˈvej.ra/

曼努埃爾・西爾韋拉

▶ Como vai a família?

/ˈko.mu ˈvaj a fa.ˈmi.li.a/

你家人好嗎？

▷ Vai muito bem, obrigado(obrigada)!

/vaj ˈmũj.tu ˈbẽj o.bri.ˈga.du(o.bri.ˈga.da)/

家人很好謝謝！

▶ Como está o tempo?

/ˈko.mu ˈis.ˈta u tẽj.pu/

今天的天氣如何？

▷ Está bom(Está ruim).

/is.ˈta ˈbõ(is.ˈta rwĩ)/

天氣好（天氣不好）。

▶ Como é a Maria?

/ˈko.mu ɛ a ma.ˈri.a/

瑪麗亞是什麼樣的人？

▷ É gorda e baixa.

/ɛ ˈgor.da i baj.ʃˈa/

她是胖子又矮。

*se chama：意思是「被稱為」。是「chamar-se」作為疑問句時的倒裝，意思是「自稱為」。

（3）Quando 什麼時候

/ˈkwã.du/

你什麼時候要去……？　　　　　　今天……

▶ Quado você <u>vai ao</u> médico?　　▷ Hoje de tarde.

/ˈkwã.du vo.ˈse ˈvaj aw ˈmɛ.dʒi.ku/　　/ˈo.ʒi dʒi ˈtar.dʒi/

你什麼時候要去看病？　　　　　　今天下午。

▶ Quado você vai <u>à cidade</u>?　　▷ Na quinta de manhã.

/ˈkwã.du vo.ˈse ˈvaj a si.ˈda.dʒi/　　/ˈna kĩ.ta dʒi mã.ˈɲã/

你什麼時候要去市中心？　　　　　在週四早上。

▶ Quado você vai ter tempo?　　▷ Na <u>semana que vem</u>.

/ˈkwã.du vo.ˈse ˈvaj ter ˈtẽ.pu/　　/na se.ˈmã.na ke ˈvẽ/

有空檔嗎？　　　　　　　　　　下個星期有。

▶ Quado você vai almoçar?　　▷ Ao meio dia.

/ˈkwã.du vo.ˈse ˈvaj aw.mo.ˈsar/　　/aw ˈmeju ˈdʒi.a/

吃午餐？　　　　　　　　　　　在中午。

▶ Quado você vai sair?　　▷ Agora.

/ˈkwã.du vo.ˈse ˈvaj ˈsa.ir/　　/a.ˈgɔ.ra/

出門？　　　　　　　　　　　　現在。

---

* vai ao：ir a ＋ o médico [去＋ a (介詞) ＋ o (定冠詞)]。
　à cidade：a (介詞) ＋ a (定冠詞) ＋名詞。
　semana que vem：下週（semana：週；que：的；vem (vir)：來）

（4）Quanto(s)　多少？
/'kwã.tu(s)/

▶ Quanto é (custa) isso?
/'kwã.tu ɛ ('kws.ta) 'i.su/
這件多少（錢）

▷ Dois reais e vinte R$ 2,20.
/'do.is re.'a.is i vĩ.ti/
2 元 20 角。

▶ Quanto tempo leva ?
/'kwã.tu tẽ.pu lɛ.va/
要花多久的時間？

▷ Leva aproximadamente 30 (trinta) minutos.
/'lɛ.va a.pro.si.'ma.da.mẽ.ʃĩ 'trĩ.ta mi.'nu.tus/
會花大約 30 分。

▶ Quantos anos você tem?
/'kwã.tus 'ʌ.nus vo.'se tẽ/
你幾歲？

▷ tenho 21 (vinte e um) anos.
/'tẽ.ɲu vĩ.ti i ũ 'ʌ.nus/
21 歲。

▶ Quanto (você) pode pagar?
/'kwã.tu (vo.'se) 'pɔ.dʒi pa.'gar/
你可以付多少？

▷ Posso pagar metade do preço.
/'pɔ.su pa.'gar me.'ta.dʒi du 'pre.su/
我可以付價格的一半。

▶ De quantos você precisa?
/dʒi 'kwã.tus vo.'se pre.'sisa/
你需要多少？

▷ Preciso de uns três.
/pre.'si.su dʒi ũs tréjs/
我需要大約三個。

* custa：規則動詞，原形是「custar」，意思是「花費、成本」，使用於第三人稱現在時。
　　Quanto custa isso?　等於此事的成本是多少？（相當於英文的「cost」）
　　Precisar de：意思是「需要」。作為疑問句時，「de」必須放在問句的開頭。

（5）(de) onde （從）在哪裡？

/dʒi õ.'dʒi/

▶ Onde é (fica) o banheiro?
/õ.'dʒi ɛ ('fi.ka) u bã.'ɲej.ru/
洗手間在哪裡？

▷ Ali, à direita / à esquerda.
/a.'li / a dʒi.'rej.ta / is.ker.da/
那邊右轉 / 左轉

▶ Onde vocé vai?
/õ.'dʒi vo.'se 'vaj/
你要去哪裡？

▷ Eu vou ao centro da cidade
/'ew 'vow aw 'cẽ.tru da si.'da.dʒi/
我要去市中心。

▶ De onde eles são？
/dʒi õ.'dʒi 'e.lis 'sãw/
他們是從哪裡來的？

▷ São de São Paulo, capital.
/'sʌw dʒi 'sãw 'paw.lu ka.pi.'taw/
來自聖保羅，首都。

▶ Alô, de onde falam?
/a.'lo dʒi õ.'dʒi fa.lã/
喂，哪裡找？

▷ Aqui quem fala é o João.
/a.'ki kẽ 'fa.la ɛ u ʒo.'ãw/
我叫約翰。

* é / ser：是
  fica / ficar：位於

236

（6）(o) que 什麼

🔊MP3-188

/o ˈke/

▶ Que dia da <u>semana</u> é hoje?

/ke ˈdʒi.a da se. ˈmã.na ɛ ˈo.ʒi/

今天是星期幾？

▷ É sábado

/ɛ ˈsa.ba.du/

是星期六。

▶ Que horas são agora?

/ke ˈɔ.ras ˈsaw a.ˈgɔ.ra/

現在幾點？

▷ São três da tarde.

/ˈsãw ˈtres da tar.ˈdʒi/

下午三點。

▶ <u>A que</u> horas eles chegam?

/a ke ˈɔ.ras e.ˈlis ʃe.ga.ˈrã/

他們什麼時候會到？

▷ Eles chegam às 10(dez) hs.

/e.ˈlis ˈʃe.gã as ˈdɛjs/

他們在上午 10 點到。

▶ <u>Em que</u> ano estamos?

/ˈĩ ki ˈa.nu is.ˈtʌ.mus/

我們在哪一年？

▷ (Nós) estamos em 2022

(dois mil e vinte dois).

/(ˈnɔs) is.ˈtʌ.mus ĩ dojs miw i vĩ.ti dojs/

我們在 2022 年。

▶ <u>O que</u> é isto?

/o ˈke ɛ ˈis.tu/

這是什麼？

▷ É um chapéu.

/ɛ ũ ʃa.ˈpɛw/

是一頂帽子。

---

* semana：

A que：「A」等於英文的「at」→ AT what time?（在幾點？）是表示時間的介詞。

Em que：「Em」等於英文的「in」→ IN the park.（在公園。）是表示場所的介詞。

O que：「O」等於英文的「the」→ Which one do you want? I want THE black one.（你
想要哪一個？我想要黑色的。）表示對單一事物的選擇。

（7）por que 為什麼？ porque 因為

/pur 'ke/　　　　　　　　　/pur.'ke/

▶ Por que (você) não vai?
/pur 'ke (vo.'se) 'nãw 'vaj/
為什麼你不去？

▷ Porque (eu) não tenho vontade.
/pur.'ke ('ew) 'nãw te.ɲu võ.'ta.dʒi/
因為我不想去。

▶ Por que (você) não come?
/pur 'ke (vo.'se) 'nãw 'ko.mi/
為什麼你不吃？

▷ Porque (eu) não estou com fome.
/pur.'ke ('ew) 'nãw 'is.tow 'kõ 'fo.mi/
因為我不餓。

▶ Por que (você) não compra?
/pur 'ke (vo.'se) 'nãw 'kõ.pra/
為什麼你不買？

▷ Porque é muito caro.
/pur.'ke 'ɛ 'mũj.tu 'ka.ru/
因為很貴。

* estar com fome：處於飢餓狀態

4. Comece a falar português!
開口說葡萄牙語吧！

◀ MP3-190

▶ Quem é ele?
誰　　是他
/ˈkẽj ˈɛ ˈe.li/
他是誰？

▷ É um amigo meu.
是一　朋友 我的
/ˈɛ ũ a.ˈmi.gu ˈmew/
他是個朋友

▶ Como é o nome dele?
如何 是　名字 他的
/ˈko.mu ˈɛ u ˈno.mi ˈde.li/
他叫什麼名字？

▷ É Pierre Marchant.
是 皮埃爾 · 馬爾尚
/ˈɛ pi.ˈerri mar.ˈchã/
是皮埃爾 · 馬爾尚。

▶ Quantos anos ele tem?
多少　年 他 有
/ˈkwã.tus ˈʌ.nus ˈe.li tẽ/
他幾歲？

▷ Tem 31(trinta e um) anos.
有　31
/tẽ trĩ.ta i ũ ˈʌ.nus/
他 31 歲。

▶ De onde ele é?
從　哪裡 他 是？
/dʒi ˈõ.dʒi ˈe.li ɛ/
他是哪裡人？

▷ É de Toulon.
是 從　土倫
/ɛ dʒi tu.lõ/
是土倫的。

▶ Qual é o país?
哪 是 國家
/ˈkwaw ɛ u pa.ˈis/
是哪個國家？

▷ É a França.
是 法國
/ɛ a frã.sa/
是法國。

▶ Quando ele chegou?
　何時　他　到了？
　/'kwã.du e.li ʃe.'gow/
　他什麼時候到了？

▷ Ontem de manhã.
　　昨天　的　早上
　/õ.tẽ dʒi mʌ.ɲã/
　昨天早上。

▶ Por que ele fala português?
　為　何　他　説　葡萄牙語？
　/pur 'ke 'e.li 'fa.la por.tu.'ge.is/
　為什麼他會説葡萄牙語？

▷ Porque estudou na universidade.
　　因為　　念過　在　　大學
　/pur.'ke is.tu.'dow na u.ni.ver.si.'da.dʒi/
　因為在大學學習過了。

Memorando

國家圖書館出版品預行編目資料

信不信由你 一週開口說葡萄牙語！/ 守般若著
-- 初版 -- 臺北市：瑞蘭國際, 2024.03
248面；17×23公分 --（繽紛外語系列；130）
ISBN：978-626-7274-77-4（平裝）
1. CST：葡萄牙語 2. CST：讀本

804.88   112020162

繽紛外語系列 130

信不信由你 一週開口說葡萄牙語！

作者｜守般若（Israel Paulo de Souza）
責任編輯｜潘治婷、王愿琦
校對｜守般若、高顥瑄、潘治婷、王愿琦

葡萄牙語錄音｜守般若（Israel Paulo de Souza）、林莉莉（Aline dos Santos）
錄音室｜采漾錄音製作有限公司
封面設計、版型設計、內文排版｜陳如琪
美術插畫｜ Syuan Ho

瑞蘭國際出版

董事長｜張暖彗・社長兼總編輯｜王愿琦
編輯部
副總編輯｜葉仲芸・主編｜潘治婷
設計部主任｜陳如琪
業務部
經理｜楊米琪・主任｜林湲洵・組長｜張毓庭

出版社｜瑞蘭國際有限公司・地址｜台北市大安區安和路一段 104 號 7 樓之一
電話｜(02)2700-4625・傳真｜(02)2700-4622・訂購專線｜(02)2700-4625
劃撥帳號｜ 19914152 瑞蘭國際有限公司
瑞蘭國際網路書城｜ www.genki-japan.com.tw

法律顧問｜海灣國際法律事務所　呂錦峯律師

總經銷｜聯合發行股份有限公司・電話｜(02)2917-8022、2917-8042
傳真｜(02)2915-6275、2915-7212・印刷｜科億印刷股份有限公司
出版日期｜2024 年 03 月初版 1 刷・定價｜450 元・ISBN｜978-626-7274-77-4

 瑞蘭國際